HEYNE BÜCHER

Das Buch

Hanns Dieter Hüsch ist nicht umsonst einer der bekanntesten und beliebtesten Kabarettisten in deutschen Landen. Keiner versteht es wie er, einem Publikum zwischen den ausgestreuten Süßigkeiten von heiteren Alltagsgeschichten so direkt, unironisch, ja fast predigerhaft ins Gewissen zu reden. Die zischende Moralin-Säure, die er so leichthändig zwischendurch verspritzt, läßt das Gelächter über die netten, kleinen Nichtigkeiten abrupt verstummen. Mit seinem »Hagenbuch« hat er eine Kunstfigur geschaffen, die einen Teil von uns allen verkörpert, nämlich unsere bis zur Perfektion getriebene Fähigkeit, nichtssagenden Small talk zu betreiben. Wenn Hüsch uns und unserem banalen Dahergerede in seinem »Hagenbuch« den Spiegel vorhält, dann auf so unschuldig-trockene und zugleich unmißverständlich-direkte Art, daß ein Verstecken hinter dem Nachbarn nicht mehr möglich ist.

Der Autor

Hanns Dieter Hüsch wurde 1925 in Moers am Niederrhein geboren. Nach kurzem Studium, zunächst Medizin, dann Theaterwissenschaft und Literaturgeschichte, begann er 1947 mit dem Kabarett. Anfangs trat er mit Soloprogrammen auf, in den Jahren 1956–62 in dem Ensemble »Arche Nova«. Seither sieht man ihn vor allem wieder in seinen Soloprogrammen, für die er mit dem Deutschen Kleinkunstpreis ausgezeichnet wurde. Hanns Dieter Hüsch lebt in Köln.

Im Wilhelm Heyne Verlag sind außerdem erschienen: *Das schwarze Schaf vom Niederrhein* (01/6639), *Den möcht' ich seh'n* (01/8802).

HANNS DIETER HÜSCH

HAGENBUCH

Ketzerische Gedanken

WILHELM HEYNE VERLAG
MÜNCHEN

HEYNE ALLGEMEINE REIHE
Nr. 01/9622

Dieser Titel erschien bereits
in der Allgemeinen Reihe
mit der Band-Nr. 01/6323

4. Auflage
1. Auflage dieser Ausgabe

Wilhelm Heyne Verlag GmbH & Co. KG, München
Printed in Germany 1995
Umschlagillustration: action press/Winkler, Hamburg
Umschlaggestaltung: Atelier Ingrid Schütz, München
Gesamtherstellung: Ebner Ulm

ISBN 3-453-08943-X

Inhalt

Ich widme
Diese Schrift-Stücke
Allen Erwachsenen
Die plötzlich aussehen
Wie Kinder
Die sich noch mit nichts befaßt
Aber alles verstanden haben

Hagenbuchs Name

Hagenbuch
Hat jetzt zugegeben
Daß er seinen Namen
Nicht erfunden
Sondern ihn
Ohne besonderen Grund
Von einem Gastwirt und Metzgermeister
Der für einige Zeit
Auch Stadtpräsident
Des Städtchens Zug
Unweit von Zürich
Gewesen
Und später durch einen Sturz
Von der Treppe im Stadthaus
Zu Tode gekommen sei
Übernommen habe

Seinen eigentlichen
Richtigen und wirklichen Namen
Habe er
Hagenbuch
Nie erfahren

Hagenbuch und die Erziehung

Hagenbuch
Hat jetzt zugegeben
Daß die Erziehung seiner Kinder eine völlig verfahrene war
Insbesondere die seiner Jüngsten
Mit Namen Katrin Theresa
Die er nun
So sagt Kastner
Von der Theodor Dannenberg Schule
Jener Schule für freie Entfaltung in freier Natur
Mit freien Kräften
Die selber in freier sozusagen aus eigener Einsicht in freier Wahl
Dort lehren und selber noch lernen
Aus freien Stücken für freies Geld
Von dieser Schule heruntergenommen

Immer hatte der Leiter der Schule
In den verschiedenen Pausen kleiner und größerer Art
Sein Fenster mehrmals geöffnet
Und in den Hof hinuntergerufen
Ungezwungen seid ungezwungen
Kinder seid ungezwungen ungezwungen
Mehrmals am Tage habe

So Kastner
Der Leiter dieses Stück Wort in den Hof gerufen

Dies habe Hagenbuch
Der gerade von seiner Arbeit aus Anchorage nun
zurück
Um seinen neuen Bericht
Spuren und Spasmen von seltenen Pelztierjägern
Hier zu beschließen
Dies habe ihn selbst an eine Nacht erinnert
In der er in Uppsala zur Zeit einer
Weltkirchentagung
Ebenfalls mehrfach sein Fenster geöffnet
Und mehrfach gerufen habe
Hinreichend hinreichend
Im Sinne von Jetzt ists genug
Hinreichend
Dies habe Hagenbuch dann endlich veranlaßt
Katrin Theresa von der Theodor Dannenberg Schule
herunterzunehmen
Um sie in Kürze
In einer wissenschaftlich technisch und
philosophisch
Begründeten Anstalt
Auf medizinisch naturwissenschaftlichem Wege
Und historische Weise
Um sie dort unterzubringen
In eine Atmosphäre
So habe Hagenbuch wörtlich gesagt
Die einerseits fortschrittlich

Andererseits philosophisch von vorne
Und biologisch
So Hagenbuch wörtlich
Biologisch geradezu altmodisch sei
Also in eine Schule die historisch und biologisch
Anthroposophisch technisch und diszipliniert philosophisch
Und naturwissenschaftlich musisch
So Hagenbuch wörtlich
Sagt Kastner
Musisch und gleichzeitig Frühsport
Und gleichzeitig Religion und Hygiene
Und gleichzeitig medizinisch sich dokumentiere

Er Hagenbuch habe
Sagt Kastner
Dies auch mit den anderen Kindern nach und nach vor
Sie alle von der Theodor Dannenberg Schule
Von heute auf morgen herunterzunehmen
Um alle von heute auf morgen auf eine andere
Auf eine solche Schule auf eine andere Anstalt zu schicken
Wenn eine solche Schule zu finden sei
So müsse sie eben auf theosophischer Basis geleitet werden
Von einem Theosophen auf theosophischer Basis
Der nicht in den Pausen sein Fenster öffne und rufe
Ungezwungen ungezwungen

Wenn eine solche Schule
So Hagenbuch wörtlich
Sagt Kastner
Zu finden sei
Geleitet von einem dreifachen und mehrfachen Doktor
Oder von einem Gehirn auf philosophisch
naturwissenschaftlicher Grundlage
Psychologisch und lerntheoretisch
Dazu musisch und gleichzeitig nichtmusisch
Dann gäbe er seinen Bericht
Spuren und Spasmen von seltenen Pelztierjägern erst
später ab
Das habe Zeit
So Hagenbuch wörtlich
Sagt Kastner
Das habe Zeit und hänge zusammen mit Inhalt und
Form
Wie Seele und Körper und Geist und Sein oder Seele
und Inhalt
Und Raum und Geist und Form und Seele und Inhalt
Das sei für ihn klar

Er habe auch vor in der gleichen Art
Seine Möbel altenglischen Ursprungs zu entfernen
Restlos überall zu entfernen
Kein Stück Holz oder Glas oder Elfenbein
altenglischen Ursprungs
Möchte er länger in seinen Räumen tagtäglich
erblicken
Er wolle alles ersetzen durch altfranzösisches

Oder althispanisches oder auch altportugiesisches
    Mobiliar
Wenn diese Schule zu finden sei
Oder das wäre das Beste
So Hagenbuch wörtlich
Überhaupt keine Möbel
Oder ersetzen durch finnische oder durch
    Gartenmöbel
Die er dann wieder ersetze durch afrikanische oder
    durch nichts
Nichts an den Wänden nichts auf dem Boden nichts
    auf den Dielen
Sondern nur eine theosophische disziplinierte
Wissenschaftlich politisch musische Gangart strebe
    er an
Wie damals in Uppsala
Wo er mehrmals zur Zeit einer Weltkirchentagung
    sein Fenster geöffnet
Und in die Nacht in Richtung Mitternachtssonne
    gerufen
Mehrmals gerufen
Hinreichend
Wie in Antwerpen wie in Venedig
Und vor allem in Straßburg und Wuppertal
Wo er ebenfalls mehrmals gerufen Hinreichend

Ebenso wolle er nun mit seinen altenglischen Möbeln
    verfahren
Ebenso seine Kinder anhalten zu längerem Rufen von
    einzelnen Worten

Wie Wladiwostok oder Transalpin
Nichts habe ihm mehr Erfahrung gebracht
Als das Rufen von Worten
Auch sein Bericht Spuren und Spasmen von seltenen
Pelztierjägern
Enthalte nur Worte
Ja bestünde eigentlich nur aus Rufen wie
Ist jemand da
Oder
Wir gehen nach Fort Jackson
Oder
Flußabwärts
Auf jeder Seite seines Berichts käme das Wort
Flußabwärts
Hundertmal vor
Und er wisse genau daß das die einzige Möglichkeit
sei
Eben musikalisch zu denken
Und deshalb sei auch seine Entscheidung die Kinder
auf eine andere Schule
Zu schicken und die Möbel altenglischen Ursprungs
restlos aus seinem
Haus zu entfernen kein Widerspruch
Sondern folgerichtig die Folge des absoluten Gehörs
Also losgelöst von allem
Wie in Antwerpen und in Venedig
In Straßburg und Wuppertal

Hagenbuch in Bless-Hohenstein I

Hagenbuch
Hat jetzt zugegeben
Daß sein Aufenthalt in der Anstalt
Bless-Hohenstein
Ihn um Jahrhunderte zurückgeworfen habe
Er habe angenommen
Daß er durch seinen Aufenthalt in der Anstalt
    Bless-Hohenstein
Jahrhunderte vorankomme
Aber in Wahrheit sei er um Jahrhunderte
Zurückgeworfen worden

Da wo er
Aufregung und Anregung
Erwartet habe
Sei er um In sich gehen
Und Atemübungen gebeten worden
Um stundenlanges In sich gehen und stundenlange
    Atemübungen
Und da wo er
Schlaf und Schweigen gesucht habe
Sei ihm Rastlosigkeit
Und Ritualisierung
Empfohlen worden
Habe er seine Füße

In ein Moorbad stecken wollen
Habe man seine Arme
Mit heißem Sand massiert
Habe er singen wollen
Sei ein Pfleger mit dem Essen erschienen
Habe er essen wollen
Sei ein allgemeines Andachtslied über die
    Hausanlage
In alle Zimmer hineingespielt worden
Dies alles
Habe ihn
Hagenbuch
Um Jahrhunderte zurückgeworfen
Sagen Prager und Kretzschmer

Holzer
Der Omnibusfahrer
Sagt
Es sei alles ganz anders gewesen
Anders als Prager und Ketzschmer es jetzt
    behaupten
Das Ärtze-Team Löchel Pietsch und Zehetbauer
Bekannt geworden durch die Tryptichon-Therapie
    im Rondo-Verfahren
Intensivstation dann Offensivstation dann
    Defensivstation
Und dann wieder Intensivstation
Das Ärzte-Team erklärt
Hagenbuch sei ihnen unbekannt

Holzer
Der Omnibusfahrer
Sagt
Er habe Hagenbuch zwar gefahren
Aber nicht um ihn in die Anstalt Bless-Hohenstein zu bringen
Das sei nicht bewiesen
Behaupten Prager und Ketzschmer
Holzer sagt aber
Hagenbuch habe an einer Besichtigungsfahrt zu den 7 Talsperren im Almütztal
Teilgenommen
Und jedesmal
Wenn er Holzer der Omnibusfahrer
Sein Mikrofon genommen
Das ihm sein Sohn
Sagt Holzer
Kurz vor der Abfahrt persönlich umgehängt habe
Wenn er Holzer
Nun das Mikrofon genommen
Sei Hagenbuch
Der ganz hinten
Fast versteckt
Im Omnibus gesessen
Sei Hagenbuch ihm immer zuvorgekommen
Er Holzer
Habe gerade mit der Erklärung und Beschreibung und der
Geschichtlichen Bedeutung
Der 1. Talsperre

Der Quenzbach-Sperre
Beginnen wollen
Worauf die Mitreisenden
Meist Deutsche und Engländer
Immer mit Spannung gewartet hätten
Da sei Hagenbuch schon aus sich herausgegangen
Sobald er begonnen habe
Sagt Holzer
Habe Hagenbuch sich sofort bemerkbar gemacht
Nur wenn er schon
Sagt Holzer
Einfach gesagt habe
Links sehen wir nun
Habe Hagenbuch schon von hinten aus der hintersten Omnibusecke
Sofort gerufen
Das interessiere ihn nicht
Er Holzer
Wäre gar nicht zu seinen doch immerhin nicht unbedeutenden
Für die Mitreisenden
Meist Deutsche und Engländer
Interessanten Ausführungen gekommen
Hagenbuch habe sogleich bei jeder Talsperre
Aus der hintersten Omnibusecke gerufen
Das interessiere ihn nicht
Dann sei er Hagenbuch
Sagt Holzer
Langsam nach vorne gekommen und habe die Reisenden von der Besichtigung

Abgelenkt
Und habe fortwährend von seinem
Hagenbuchs anhaltenden Desinteresse an
Talsperren gesprochen
Habe erstaunlicherweise sogar kleinste Details
Berechnungswerte
Vermessungen
Und komplizierteste
Statische Ziffern und Daten
Den Reisenden angegeben
Allerdings immer mit dem Vermerk
Das stimme in Wahrheit alles nicht
Und alle sollten lieber vor sich gucken
Oder alle sollten lieber auf den Fahrer
Also auf mich
Holzer
Gucken
Sagt Holzer
Um mich
Sagt Holzer
Zu studieren
Ich hatte den Eindruck
Sagt Holzer
Ich
Der ich
Jahr für Jahr
Monat für Monat
Woche für Woche
Tag für Tag
Den Leuten die 7 Talsperren im Almütztal erkläre

Ich
Sollte jetzt den Leuten erklärt werden
Ich
Sollte jetzt an Stelle der Talsperren
Von Hagenbuch
Den Leuten erklärt werden
Er Hagenbuch
Habe dann weiterfort ohne die kleinste
Unterbrechung
Und ohne jeden Übergang
Den Leuten einen Vortrag über Geschmack und
Geschmackskriege gehalten
Er Holzer
Habe zwar immer wieder versucht das Gespräch
nochmal
Auf die Talsperren zu bringen
Aber gleichzeitig habe Hagenbuch davon
gesprochen
Daß der Geschmack eines Studienrats ein anderer
sei
Als der Geschmack eines Arztes
Immer wenn er
Holzer
Versucht habe noch einmal das Sehenwürdige der
Talsperren
Hervorzuheben
Habe Hagenbuch sofort damit begonnen
Z.B. den Reisenden zu sagen
Daß die Schrankwand eines Studienrates
Naturgemäß

Eine andere Schrankwand sei
Als die Schrankwand eines Arztes
Wobei weiter zu differenzieren die Pflicht sei
Zwischen der Schrankwand eines sogenannten
Chirurgen
Und der Schrankwand eines sogenannten
Internisten
Hagenbuch
Sagt Holzer
Habe sich sogar zu der Behauptung verstiegen
Daß die Schrankwände von sogenannten Chirurgen
meist kleiner wären
Als die Schrankwände von sogenannten Internisten
Weil Chirurgen immer noch einen Flügel
unterzubringen hätten
Immer wenn er
Holzer
Von der Bauzeit oder auch von den Unglücksfällen
beim Bau der Talsperren
Habe berichten wollen
Habe Hagenbuch gleichzeitig gesagt
Daß Chirurgen immer noch einen Flügel
unterzubringen hätten
Und daß es immer der Geschmack sei
Der ganze Stände und Konfessionen
auseinanderbrechen ließe
Und daß der Geschmack eines Oberstudienrates
besser zu sein habe
Als der Geschmack eines Studienrates
Und daß ein Studienreferendar sich am besten

Seinen Geschmack bei einem Studienassessor
abgucken solle und so fort
Immer habe Hagenbuch
Sagt Holzer
Dies alles mit größter Freundlichkeit gesagt
Auch daß er sich auf keinen Fall auf die Beschreibung
von
Sogenannten Sehenswürdigkeiten einlassen könne
Habe er mit einer solchen Leichtigkeit gesagt
Die er Holzer
Sonst noch nirgendwo sagt Holzer
So deutlich herausgehört habe
Sagt Holzer

Lediglich
Sagt Holzer
Die Haftschalengeschichte
Habe er erzählen können
Bei der Bruggtalsperre
Wo damals selbst so erfahrene Leute wie die
Alpinisten Kösel und Wenger
Abstürzten
Weil Kösel nach einer durchzechten Nacht in einer
Absteige
Dort seine Haftschalen habe mutwillig oder im
Rausch liegen lassen
Diese Geschichte heißt deshalb
Haftschalengeschichte
Und ist in der ganzen Welt
Unter diesem Namen bekannt geworden

Sagt Holzer
Immer
Sagt Holzer
Wenn jemand von der Bruggtalsperre spricht
Spricht man auch gleichzeitig von der
Haftschalengeschichte
Und immer wenn jemand von der Haftschalen-
geschichte spricht
Spricht man auch gleichzeitig von der Brugg-
talsperre
Auf der ganzen Welt
Sagt Holzer
Einzig bei dieser Geschichte habe Hagenbuch nichts
gesagt
Er habe ihn Holzer
Ausreden lassen
Aber bei allen anderen Talsperren
Habe Hagenbuch gleich
Wenn man den ersten richtigen Blick auf die
Talsperre habe werfen können
Habe Hagenbuch gleich von den Geschmacks-
kriegen zwischen den Ständen
Und zwischen den Generationen gesprochen
Von den Tausenderlei Vorwürfen
Die die Geschmackvollen den Geschmacklosen
hinterrücks machen
Hagenbuch sei dabei meist im Omnibus hin und her
gegangen
Und habe immer wieder gerufen
Hinterrücks

Meine Damen und Herren
Hinterrücks
Tausenderlei Vorwürfe
Meist auf dem Heimweg
Meist auf dem Heimweg
Tausenderlei Vorwürfe
Hinterrücks
Dadurch habe er
Holzer
Seine Ausführungen über die verschiedenen
verdienstvollen Männer und Firmen
Beim Bau der Talsperren
Fallen lassen müssen
Er
Holzer
Habe den Reisenden lediglich durch Zeichen erklären
können
Daß dieser Mann
Also Hagenbuch
Wohl ein Verrückter sei
Der
Sie müssen entschuldigen
So habe er
Holzer
Den Reisenden vorsichtig gesagt
Ihm Holzer
Völlig unbekannt sei
Allerdings habe Hagenbuch durchaus einen
gepflegten und sauberen Eindruck gemacht
Und bei den Reisenden meist Deutsche und Engländer

Sei im Verlaufe des Durcheinanders
Sagt Holzer wörtlich
Des Durcheinanders
So etwas wie Mitleid aufgekommen
Und er Holzer
Sei dann eben auf die Idee gekommen
Ob er nicht nach den 7 Talsperren auf kurzem Wege
Zur Anstalt Bless-Hohenstein fahren solle
Wo man Hagenbuch vielleicht abliefern
Oder wenigstens aussetzen könne
Sagt Holzer
Prager und Kretzschmer sagen Holzer lüge Holzer
lüge
Denn Hagenbuch hätte aus eigenem freien
Entschluß
Nach Bless-Hohenstein gewollt
Und hätte die Fahrt vorbei an den 7 Talsperren
Dafür in Kauf genommen
Holzer sagt aber
Daß er Hagenbuch nur habe absetzen wollen
Zumal die Anstalt beileibe nicht auf seinem normalen
Wege läge
Sagt Holzer

Hagenbuch habe dann Fotos an die Reisenden
verteilt
Und die Fotos als Kuriosa ausgegeben
Fotos von seinen
Hagenbuchs Großeltern
Die zwischen Zengen und Klaren

Das habe Hagenbuch dreimal laut wiederholt
Zwischen Zengen und Klaren
Mühsam einen winzigen Bergbauernhof in Gang
gehalten hätten
Holzer sagt
Das wäre genau an der Krümmtalsperre gewesen
Dort habe er
Holzer
Auch den allerletzten Versuch gemacht
Seine Pflicht als Reiseführer zu tun
Aber Hagenbuch habe aus seiner linken Rocktasche
Ein Buch gezogen und immer wieder gesagt
Mein Rimbaud Mein Rimbaud
Und aus dem Buch zitiert
Immer ein und dieselbe Stelle wohl an die
zwanzigmal hintereinander

Später
So sagen auch Prager und Kretzschmer
Habe Hagenbuch dem Gärtner der Anstalt die gleiche
Stelle vorgesprochen
Und immer habe er dabei gesagt Mein Rimbaud
Habe der Gärtner gesagt Meine Beete
Habe Hagenbuch gesagt Mein Rimbaud
Habe der Gärtner gesagt Meine Pflanzen
Habe Hagenbuch gesagt Mein Rimbaud
Habe der Gärtner manchmal am Sonntag gesagt
Meine Beete und meine Pflanzen
Habe Hagenbuch geantwortet Mein Rimbaud und
Mein Rimbaud

Dies wäre oft stundenlang hin und her gegangen
Zuletzt habe sich Hagenbuch immer auf die Bank gestellt
Und von dort aus in den Garten hinein die gleiche Stelle gesprochen

Holzer sagt
Davon wisse er nichts
Prager und Kretzschmer
Die jetzt noch in Bless-Hohenstein sind
Sagen Holzer lüge
Das Ärzte-Team Löchel Pietsch und Zehetbauer
Bekannt geworden durch die Tryptichon-Therapie im Rondo-Verfahren
Intensivstation dann Offensivstation dann Defensivstation
Und dann wieder Intensivstation
Das Ärzte-Team Löchel Pietsch und Zehetbauer erklärt
Hagenbuch sei ihnen unbekannt

Hagenbuch selbst
Soll vor zwei Tagen auf der Behelfsholzbrücke im kleinen Ötznertal
Gesichtet worden sein
Dort soll er hinein in den Fluß
Die Ötz
Unter ihm
Immer wieder und ununterbrochen
Mal leise

Dann schneidend
Dann wieder holprig
Und auch mit völlig falschen Betonungen
Um keinem Geschmack Vorschub zu leisten
Die berühmten Verse vom Rimbaud gesprochen
haben
Die von keinem
Und niemandem
Nachzuschreiben sind

Wenn es ein Wasser in Europa gibt nach dem ich
mich sehne
So ist es die schwarze und kalte Pfütze
An der traurig ein Kind
Im Atem der Dämmerung
Sein Schiffchen zart wie Maienfalter treiben läßt

Hagenbuch und die Kulturkreise

Hagenbuch
Hat jetzt zugegeben
Daß das ständige Verwechseln von Sitten und
    Sehenswürdigkeiten
Auf ihn zurückzuführen sei
Und zwar allein auf ihn zurückzuführen sei
Und nicht etwa
Wie größtenteils von gebildeten Kreisen
    angenommen werde
Nicht etwa
Auf Buderus und Hammerstein S. 281
Siehe Die Entwicklung des Tellers römisch eins
Und die Aufgabe der Tasse im 18. Jahrhundert
Oder bei Sartorius und Sheffield S. 243
Kulturgeschichte von rückwärts
Kapitel Nahrung und Metaphysik
Auch nicht auf Tenderly and Barclay and Smith and
    O'Shannon
Die Gabel und ihre Besonderheiten vor der
    Französischen Revolution
Industriell gesehn und verarbeitet von Muller und
    Siebenrock
Auch nicht auf Twerenbrocks Danske Gabelbeeten
Ins Holländische übersetzt von Pieter Keulenbrink
    Amsterdam

Bei van Straaten und Ketels 1864
Und dann bei Wachtendonk und van Stekelenberg als
Katechismus für Kultur und Hygiene herausgegeben
Später eingestampft
Und auch nicht bei Zavattini S. 93 Band 5
Teller und Tasse ja
Gabel und Messer nein
Turin 1834
Auch nicht auf Angelmann
Auch nicht auf Todenfrisch
Auch nicht auf Kirstenblunck
Oder Wedelknott Preußische Lebenskunst
Quakenbrück 1709
Oder Bellinghaus Kammerkultur zusammen mit
Habichhorst 1887 Gütersloh
Oder bei Mellenmasch Tafel und Tafelwerkzeuge
S. 103 und folgende
Haltung und Hingabe Kapitel zwei
Nein auf niemanden
Hagenbuch hat jetzt zugegeben
Daß das ständige Verwechseln von Sitten und
Sehenswürdigkeiten
Einzig und allein auf ihn zurückzuführen sei
Im Frühjahr wie im Herbst
Sagt Kreutenstamm
Der Wirt eines jener niederen Gasthäuser an der
unteren Enz
In denen vornehmlich Veteranen aus den
rumänischen Kriegen
03–07 und 09–11 anzutreffen sind

Menschen mit einem Arm
Einem Bein
Einem Auge
Einem Ohr
Und einem Kopf
Sagt Kreutenstamm der Wirt
Hagenbuch habe jetzt zugegeben
Im Frühjahr wie im Herbst
Kurz nach seiner Rückkehr aus der Anstalt
Bless-Hohenstein
Siehe unter Bless-Hohenstein und die 7 Talsperren
Habe Hagenbuch immer und immer wieder
Sagt Kreutenstamm
Immer wieder und meist auf einem der wenigen
Tische stehend
Laut und allen vernehmlich
Zugegeben
Daß das ständige Verwechseln von Sitten und
Sehenswürdigkeiten
Einzig und allein auf ihn zurückzuführen sei
Dabei habe er ständig gegen seine Stirn getippt
Ständig gegen seine Stirn
Und später auch bei allen anderen
Immer wieder gegen deren Stirn getippt
So daß zuletzt alle
Sich an die Stirn getippt hätten
Oder jeder mit seinem Zeigefinger an die Stirn seines
Nachbarn
Oder seines Gegenüber
Und Hagenbuch habe bei einzelnen Zurufen

Immer wieder zurückgerufen
Daß es darum ja gar nicht gehe
Es gehe ja gar nicht darum
Dann wieder an die Stirn getippt
Und dann wieder
Darum gehe es ja gar nicht
Und dann wieder an die Stirn getippt
Sagt Kreutenstamm
An die Stirn getippt
Dann habe Hagenbuch gesagt
Sei er z. B. in Warschau
Denke er sofort
Aha Edinburgh
Und sei er in Edinburgh
Denke er sofort
Aha Warschau und so fort
Sei er in Winterthur
Denke er sofort
Aha Oldenburg
Sei er in Oldenburg
Denke er sofort
Aha Winterthur und so fort
Aber darum gehe es ja gar nicht
Vielmehr gehe es darum
Und dann wieder an die Stirn getippt
Daß es darum ja gar nicht gehe
Und dies habe er schon vor Jahren
Und er habe auch schon vor Jahren jedem an die Stirn getippt
Und jedem immer wieder gesagt

Daß das ja ein ganz anderer Kulturkreis sei
Auf Bali zum Beispiel
Oder beispielsweise auf Helgoland
Oder auf Island zum Beispiel
Zum Beispiel auf Madagaskar
Oder auf Grönland zum Beispiel
Beispielsweise in den Tälern der unteren Enz
Und auf den Höhen der Hohentatra zum Beispiel
Immer an die Stirn getippt
Und daß es ja darum gar nicht gehe
Das sei ja ein ganz anderer Kulturkreis
Und das ständige Verwechseln von Sitten und
  Sehenwürdigkeiten
Sei einzig und allein
Auf ihn zurückzuführen
Und Kreutenstamm der Wirt sagt
Hätten die Veteranan aus den rumänischen Kriegen
  03–07 und 09–11 gerufen
Er Hagenbuch solle jetzt endlich aufhören und vom
  Tisch steigen
Habe Hagenbuch geantwortet
Das sei ja ein ganz anderer Kulturkreis
Und an die Stirn getippt
Habe er
Kreutenstamm selber
Als Wirt und Vater von mehreren Kindern
Hagenbuch aufgefordert
Ruhe zu geben
Habe Hagenbuch noch eindringlicher und fast
  erbarmungslos in den Wirtsraum

Hineingerufen
Die Verachtung der Biologie als musikalische Maßnahme
Bis zur vollkommenen Regungslosigkeit
1. Die Sphinx und der Fortschritt
2. Die neue Eiszeit
Den internationalen Wahnsinn den die Geschichte mit uns treibe
Der Verachtung anheimfallen lassen
An die Stirn tippen
Habe er immer wieder gesagt
An die Stirn tippen
Und der Verachtung anheimfallen lassen
Die gesamte Devonzeit
Habe er immer wieder gesagt
Als die Pflanzen und Tiere begannen das Meer zu verlassen
Der Verachtung anheimfallen lassen
Als musikalische Maßnahme
Hagenbuch habe
Sagt Kreutenstamm
Allen den Boden unter den Füßen weggezogen
Es wäre ein ständiges Boden-unter-den-Füßen-Wegziehn gewesen
Er habe allen den Boden unter den Füßen weggezogen
Und alle vor den Kopf gestoßen
Es wäre ein wochenlanges monatelanges Vor-den-Kopf-Stoßen gewesen
Und an die Stirn tippen

Alle hätten sich der Reihe nach
Ohne Unterschied der Gliedmaßen schließlich alle
Jeder an seine Stirn getippt
Und selbst schon ohne es auszusprechen
Und selbst schon fast gesagt
Darum gehe es ja gar nicht
Und immer habe Hagenbuch dabei auf einem der
wenigen Tische gestanden
Und allen den Boden unter den Füßen weggezogen
Selbst einem Mann wie Kindermann
Wissenschaftler aus Berufung
Der ja bekanntlich die kleinasiatischen Früh-
religionen
In Nordeuropa neu aufleben lassen wolle
Mit Zeltmissionen und Schnellkursen usw.
Selbst einem Mann wie Kindermann
Habe Hagenbuch mit seinem ständigen
Das sei ja ein ganz anderer Kulturkreis
Von seinem Tisch herab
Selbst einem Mann wie Kindermann sei der Boden
unter den Füßen
Weggezogen worden
Sagt Kreutenstamm
Hagenbuch habe wie ein Musiker
Immer mehr und immer wieder alles durcheinander
geworfen
Bali und Recklinghausen
Und alle wären so vor den Kopf gestoßen worden
So daß niemand mehr einen Boden unter den Füßen
gehabt hätte

Nur Hagenbuch habe immer weiter
Alles immer wieder verwechselt
Und an die Stirn getippt
Und einfach aus seinem Kopf heraus
Alles in die anderen Köpfe hineingerufen
Daß es darum ja gar nicht gehe
Und hier wäre eben nicht das und dies
Und doch wäre es so
Und wie er sich überhaupt gar nicht denken könne
Daß irgend etwas mit sich überhaupt übereinstimme
Oder in die Situation käme
Mit sich übereinzustimmen
Daß es das gar nicht
Daß es überhaupt gar keine Übereinstimmung gäbe
Und alles ständig verwechselt
Und daß es überhaupt keine Übereinstimmung gäbe
Das sei nun
Sagt Kreutenstamm
Wochenlang monatelang jeden Abend
Oft bis zwei oder drei oder bis in den frühen Morgen
hinein
So gegangen
Hagenbuch immer auf dem Tisch
Und alle hätten sich an die Stirn getippt
Er Kreutenstamm
Habe oft selbst sich an die Stirn getippt
Und teilweise um sein Lokal gebangt
Als Wirt und Vater von mehreren Kindern
Und teilweise Mitleid gehabt
Und teilweise sogar mitgemacht

Wenn Hagenbuch wieder gerufen habe
Verachtung der Biologie als musikalische Maßnahme
Bis zur vollkommenen Regungslosigkeit
Monatelang jeden Abend
Daß es ja darum gar nicht gehe
Das es vielmehr
Und daß dies ein ganz anderer Kulturkreis sei
Und das alles ein großes Aufsplittern
Habe Hagenbuch wörtlich gesagt
Ein großes Aufsplittern
So Kreutenstamm
Ein großes Aufsplittern immer wieder
Von Anfang an
Und nichts sei in voller Übereinstimmung
Wimpertierchen
Habe Hagenbuch immer wieder gesagt
Wimpertierchen und Geißeltierchen
Leuwenhoecks Wimper- und Geißeltierchen
Wimpertierchen auf dem Straßburger Münster
Aus einem Wassertropfen aufs Straßburger Münster
Aus dem Komposthaufen auf den Kölner Dom
Gotische Geißeltierchen
Aufgesplittert
Und dann vergrößert
Und dann verwechselt
Und dann eingeebnet
Und dann wieder aus dem Komposthaufen aufs
Straßburger Münster
Protoplasma und Politik
Sauerstoff aufnehmen Kohlendioxyd abgeben

50 Billionen Zellen
Eine Sehenswürdigkeit
Habe Hagenbuch immer wieder gesagt
Eine Sehenswürdigkeit
Zum Verwechseln ähnlich
Mit Ausnahme der Nervenzellen
Habe Hagenbuch inmitten seiner Litaneien
Zwischendurch ein Bier verlangt
Sagt Kreutenstamm
Habe er gleich hinzugefügt
Mit Ausnahme der Nervenzellen wohlgemerkt
Unheilbar
Unheilbar auf den Kölner Dom
In den Tower
Auf den Mount Everest
In den Atlantischen Ozean
In den Senat
Aus dem Senat
Wieder auf den Mount Everest
Und an die Stirn getippt
Und dann nach Minneminnehohahoha
In die Südsee
Nach Minneminnehohahoha
Aus dem Kulturkreis
An die Stirn getippt
Und dann in die Südsee
Die es eigentlich gar nicht gäbe
Sagte Hagenbuch wörtlich
Die es nur nach Mead und Mitchell Meadows und
Meerkamp gäbe

Band 3 Seite 253
Stellt sich der Älteste vor die größte Palme der Insel
Heißt dies daß alle sich mit dem Ältesten vor die größte Palme der Insel
Stellen dürfen ebenso vor die kleineste Palme
In der Südsee
Die es in Wirklichkeit gar nicht gäbe
Die es nur nach Mead und Mitchell Meadows und Meerkamp gäbe
Und hier habe Hagenbuch
Sagt Kreutenstamm
Wirklich und wahrhaftig den Kopf verloren
Wirklich und wahrhaftig
Denn es gäbe ja nun mal die Südsee
Und auch die Veteranen aus den rumänischen Kriegen 03–07 und 09–11
Hätten mit der Faust auf den Tisch geschlagen
Und überhaupt hätten alle Anwesenden mit der Faust auf den Tisch geschlagen
Und versucht Hagenbuch
Von seinem Tisch herunterzuziehen
Und hätten sich an die Stirn getippt
Und Hagenbuch an die Stirn getippt
Und er
Kreutenstamm als Wirt und Vater
Habe immer wieder Feierabend und Polizeistunde gerufen
Und alle hätten auf einmal Feierabend gerufen
Jeder mit seiner ihm noch verbliebenen Stimme
Aber Hagenbuch habe

Jetzt beim Herunterziehen vom Tisch
Und nun auf dem Boden sitzend
Alle von dort aus in die Südsee geschickt
Ab nach Minneminnehohahoha
Habe er immer wieder gerufen
Ab nach Minneminnehohahoha
Zuerst die Ärzte und dann die Abdecker
Nach Minneminnehohahoha
Und komme mir keiner zurück und habe noch ein
Kleid auf dem Leib
Und hat nicht geteilt Acker und Frucht und Hütte
Und dies und das und kehrt nicht zurück
Natürlicher als die Natur
Ihn natürlich
Naturiert hat
Seinerzeit mit dem Hackbrett für Weib und
Getreide
Siehe auch Mead und Mitchell Meadows und
Meerkamp
Ab in die Südsee
Und dann wieder aufs Kapitol
Unheilbar
Aufs Kapitol
Und dann in den Schneesturm
Wie Scott
Scott
Und dabei habe Hagenbuch sich wieder vom Boden
erhoben
Sagt Kreutenstamm
Scott

Habe Hagenbuch immer wieder gesagt
Scott
Und kein Denkmal
Aber Nähmaschinenfabriken und Generäle
Zu Dutzenden in allen Städten
Sei er in Bremen und sähe den Roland
Aha denke er Teutoburger Wald Hermann
Und sei er in Detmold
Daran dürfe er gar nicht denken
Und in Braunschweig
Und in Bamberg
Nicht auszuhalten
Dieses herumführen
Dieses an der Nase herumführen
Und herumgeistern
Um diese fleischgewesenen steingewordenen
Gemütszerstörer
Alles Gemütszertrümmerer
Habe Hagenbuch wörtlich gesagt
Alles Gemütszertrümmerer
Sagt Kreutenstamm
Aus der Geschichte herausgehen
Nicht hineingehen
Nicht hineingehen
Herausgehen
So Hagenbuch wörtlich immer wieder
Herausgehen
Sagt Kreutenstamm
Herausgehen
Und dann an die Stirn getippt

Allen an die Stirn getippt
Doch darum geht es ja gar nicht
Auch nicht darum und darum
Sondern alles Verwechslungen
Und Schlaflosigkeit
Und Hagenbuch
Sagt Kreutenstamm
Sei dann
Nach weiterem Hin und Herschwanken
Endlich aus dem Schankraum heraus
Hinein in die Nacht getreten
Und er
Kreutenstamm als Wirt und Vater
Habe in der Tür gestanden
Und noch lange Hagenbuchs Heimweg verfolgen können
Durch das ständige unaufhörliche Durch die Gassen Laufen
Und Durch die Gassen Rufen
Durch das ständige Anheimfallen Lassen
Alles anheimfallen lassen
Und daß die Kulturkreise sich nur nichts einbilden sollen
Und daß es darum und hierum auch gar nicht ginge
Und einzig und allein seien nur der Irrtum und die Musik
Einzig in der Lage alles zu erklären
Und philosophisch imstande
Die Nacht für den Tag
Und den Tag für die Nacht zu halten

Hagenbuch und die Kleider

Hagenbuch
Hat jetzt zugegeben
Da die Vernichtungs-Industrie unaufhaltsam arbeite
Und weiter vordringe
Und Kopf und Leibesfragen
Daher dringend restloser Klärung bedürften
Und ohne Rest erledigt werden müßten
Hat
Hagenbuch
Nunmehr zugegeben
Daß er sich kein Kleidungsstück mehr anschaffe
Sondern alles bis zuletzt auftragen wolle

Dies habe eigentlich schon vor Jahren angefangen
Wenn er von diesem oder jenem Herrenausstatter
Gehört habe
Daß ihm betreffendes Gewand sehr gut stehe
Oder ihn äußerst vorteilhaft kleide
Und ihm wie angegossen passe
Wie gut
Wie vorteilhaft
Wie angegossen

Er habe es eine Zeitlang sogar mit
Ausgesuchtesten angelsächsischen Stoffen versucht

Mit Westen
Beispielsweise mit Westen
Mit Westen
Er habe sich sogar Sandalen anmessen lassen
Man stelle sich vor Sandalen

Dann habe er es mit gedecktem Blau versucht
Dann habe er es mit Schwarz versucht
Dann mit Olivgrün
Matt natürlich
Mit einem matten Olivgrün
Beige habe er immer weit von sich gewiesen
Es habe ihn zu blaß gemacht
Zu blaß
Dann habe er es wieder mit Blau versucht
Dann mit Grau
Dann mit Braun
Dann mit Taubengrau
Dann mit Taubenblau
Dann mit Pfeffer und Salz
Schließlich mit Pepita
Man stelle sich vor mit Pepita
Dann mit Cord
Dann mit Samt
Dann wieder mit Blaugrau

Oft habe er vor lauter Blaugrau
Schon gegen Mittag nicht mehr gewußt
Ob und was er gefrühstückt habe
Oder vor lauter Olivgrün

Am Abend schon nicht mehr gewußt
Daß er am Mittag nichts
Überhaupt nichts zu sich genommen habe
Dann habe sofort jeder zweite zu ihm gesagt
Daß er jetzt etwas essen müsse
Vornehmlich Salate und Kräuter müsse er jetzt essen
Und zwar sofort
Und daß er jetzt vornehmlich weniger aber dafür öfter
Etwas zu sich nehmen solle
Weniger aber öfter
Dafür um so langsamer
Aber daß er jetzt unbedingt und zwar unverzüglich
unverzüglich
Etwas essen müsse

Dann habe er es wieder mit Blau versucht
Dann habe er eine Schlips-Phase gehabt
Dann eine Mützen-Phase
In seiner Nietzsche-Phase habe er eine Atheisten-
Phase gehabt
Und dann wieder eine Mützen-Phase
Er habe sich regelrecht in die Mütze hineingeflüchtet
Genauso wie sich Wesendonk in die Poesie geflüchtet
habe
Blarer in die Physik
Hörmann in die Psychologie
Alle würden sich immer in irgend etwas
hineinflüchten

Selbst Christus habe sich
Bei aller Begabung
Ins Christentum geflüchtet
So wie er
Hagenbuch
Sich in seine verschiedenen Mützen geflüchtet habe
Selbst wenn er zu entzückenden Bekannten
gekommen wäre
Um dort ausgesuchteste Bildende Kunst zu
bewundern
Habe er die Mütze aufbehalten
Selbst wenn er dort gesagt habe
Vermutlich ein Feininger Gnädige Frau
Habe er die Mütze aufbehalten
Erst wenn die Gnädige Frau gesagt habe
Nanana
Habe er die Mütze abgesetzt
Dann sei er eine Zeitlang mit bloßem Kopf
Herumgelaufen
Mit bloßem Kopf
3 Jahre mit bloßem Kopf man stelle sich vor
Dann habe er wieder mit einer Hut-Phase begonnen
Dann habe er jahrelang einen vernünftigen
Cord-Anzug
Für das einzig Vernünftige gehalten
Dann habe er eine Handschuh-Phase gehabt
Dann eine englische Regenschirm-Phase
Obwohl er nie in Indien gewesen sei
Habe er eine englische Regenschirm-Phase gehabt

Dann habe er wieder etwas essen müssen
Eine Zeitlang sei er zu jedem Ernährungsmittel-
kongreß gefahren
Und habe dort den Delegierten pausenlos zugerufen
Lieber kleine Häppchen aber dafür öfter
Lieber kleine Häppchen aber dafür öfter
Obwohl er gleich schon am nächsten Tag gewußt
habe
Daß seine Empfehlungen genauso ungenügend und
genauso verantwortungslos
Gewesen seien
Wie das ständige Hineinstopfen von klobigen
Eisbeinbrocken

Überdies wisse er von klein auf
Als Kind habe er sogenannte Leibchen mit
Strumpfbändern
Getragen
Wisse er von klein auf
Daß die meisten Kleidungsstücke
Nein alle Kleidungsstücke
Und auch alle auch die ausgesuchtesten
Gerade die ausgesuchtesten Nahrungsmittel meist in
den Stunden
Tiefster Niedergeschlagenheit und tiefster
Ausweglosigkeit gekauft
Ja regelrecht an sich gerissen würden
Er habe jahrelang die leichten dunkelblauen
Baumwollhemden
Regelrecht an sich gerissen

So wie er sie jetzt regelrecht von sich weise
So wie die Ärzte die Psychologen von sich wiesen
Und die Naturheiler die Ärzte und die Politiker die
Künstler
Usf usf usf
Weise er die leichten dunkelblauen Baumwollhemden
jetzt regelrecht von sich

Dann habe er eine Wildleder-Phase gehabt
Dann habe er Samt für das einzig Vernünftige
gehalten
Dann wieder Wildleder
Dann wieder Samt

Dann habe er Schlichtheit mit Erwachsensein
verwechselt
Und dann habe er Erwachsensein mit gekonnter
Anpassung verwechselt
Nämlich
Da habe er eine Flanell-Phase gehabt
Eine Flanell-Phase
Man stelle sich vor eine Flanell-Phase

Dann habe er begonnen
Halbschuhe ins zweite Glied zu stellen
Und nur noch halb-hohe Schuhe bevorzugt
Zwischendurch habe er immer aber öfter
Kleine Häppchen gegessen
Weniger aber öfter
Zwischendurch habe er eine Phase gehabt

In der er gar nichts gegessen habe
Gar nichts aber sehr oft

Dann sei ihm ein Mantel gestohlen worden
An dem er sehr gehangen habe
Denn er habe auch eine Mantel-Phase gehabt
Da habe er wieder gegessen
Auf Anraten ein Omelette in Liechtenstein
Dann habe er den Mantel überwunden
So wie die Philosophen versuchen das Nichts zu
überwinden
Habe er den Mantel überwunden
Und sich entschlossen
Kein Kleidungsstück mehr an sich zu reißen
Sondern alles was er habe und alles war er nicht habe
Bis zuletzt aufzutragen

Man möge ihm auch dieses weltberühmte Hemd
ersparen
Von dem alle Welt
Wenn es dem Ende zu ginge
Immer rede
Dieses weltberühmte Hemd
Man wisse schon welches er meine
Er habe immer ohne Fahne und Fähnchen leben
wollen
Man möge ihm dann schon lieber
Ein Leibchen anziehn mit Strumpfbändern
Und ihm kleine Häppchen aber dafür öfter
Verabreichen

Um unter diesen Umständen
Vielleicht zu erkennen
Daß wir nicht größer und nicht kleiner werden
Als wir am Anfang sind

Hagenbuch und sein erster Hund

Hagenbuch
Hat jetzt zugegeben
Schreibt Fugger an Wiesendanger
Daß er erneut wie damals schon
Daß er erneut einer Einladung des
Ministerpräsidenten
Zu einer zwanglosen Teestunde
Im kleinen zwanglosen Kreis
Mit zwanglosen Segelyachtbesitzern Kultur-
schaffenden und Spitzensportlern
Nicht nachgekommen sei
Nicht nachgekommen sei

Er habe zwar
Schreibt Fugger an Wiesendanger
So Hagenbuch
Er habe zwar erneut wie damals schon
Dieser Einladung Folge leisten wollen
Aber er habe diesmal wie damals
Seinen Hund
Seinen ersten Hund
Jene merkwürdige Mischung aus Reh und
Polarfuchs
Mitnehmen wollen
Auch habe der zuständige Herr Staatssekretär

Sogar ein ehemaliger Studienfreund
Ihm
Auf seine Anfrage
Ob er den Hund unter Umständen mitbringen
dürfe
Ihm zunächst immer geantwortet
Diesmal wie damals immer geantwortet
Er der Herr Staatssekretär wolle sehen
Was er für ihn und den Hund unter Umständen tun
könne
Aber dann habe er
Hagenbuch
Schreibt Fugger an Wiesendanger
Dann habe er urplötzlich Bescheid erhalten
Daß er den Hund unter diesen Umständen nicht
mitbringen dürfe
Da der Herr Ministerpräsident befürchte
Daß er der Herr Ministerpräsident durch die
Anwesenheit des Hundes
Nicht zu dem zwanglosen Gespräch mit den sicher
ebenso
Zwanglosen Segelyachtbesitzern Kulturschaffenden
und Spitzensportlern käme
Aber er lege gerade bei seiner Teestunde im kleinen
Kreis
Größten Wert darauf
Daß alles sehr zwanglos zuginge
Und vor allem das Gespräch zwanglos verliefe
Nicht daß er etwas gegen Hunde habe
Im Gegenteil im Gegenteil

Auch nicht gegen diese merkwürdige Mischung aus
Reh und Polarfuchs
Hagenbuch habe
Schreibt Fugger an Wiesendanger
Den Hund seinen ersten Hund dem Herrn
Staatssekretär mehrere Male beschrieben
Er habe sogar diesmal wie damals eine Zeichnung
gemacht
Aber der Herr Ministerpräsident habe diesmal wie
damals
Die Zeichnung einfach vom Tisch gefegt
Vom Tisch gefegt
Behauptet Hagenbuch
So Fugger an Wiesendanger
Und das sei für Hagenbuch ausschlaggebend gewesen
So Hagenbuch wörtlich
Ausschlaggebend
Ausschlaggebend gewesen
Der Einladung des Herrn Ministerpräsidenten
In die Hauptstadt Adelbane
Obwohl er
Hagenbuch
Noch nie in Adelbane gewesen sei
Der Einladung diesmal wie damals erneut nicht
nachzukommen

Einerseits eine Unverschämtheit des Herrn
Ministerpräsidenten
So Hagenbuch
Eine Unverschämtheit

Denn gerade sein Hund sein erster Hund
Den er für 100 Schweizer Franken aus einem Zwinger
erlöst habe
Sei die Zwanglosigkeit in Vollendung
Springe ohne Aufforderung auf Tische und Betten
Knacke die dicksten Nüsse
Reiße allen Frühstückenden jedwedes Toastbrot aus
den Fingern
Und sei ein hervorragender Wachhabender und ein
ehrgeiziger Schwimmer
Er habe sogar eine Karteikarte für den Hund
ausfüllen sollen
Mit Lieblingsfarbe
Lieblingsmusiker
Lieblingspartei
Lieblingsland
Usw
Eine Unverschämtheit
Andererseits verstehe er den Herrn
Ministerpräsidenten
Und den Herrn Staatssekretär
Und erst recht die zwanglosen Segelyachtbesitzer
Kulturschaffenden
Und Spitzensportler
Denn der Hund habe ihn
Hagenbuch
Immer reichlich in Verlegenheit gebracht
Aber der Herr Ministerpräsident könne es sich ja bei
Gott nicht leisten
Die Verlegenheiten

In die er der Herr Ministerpräsident gerate
Zuzugeben
Während er
Hagenbuch
Gerade durch die Verlegenheiten in die ihn sein Hund gebracht habe
Durch die Verlegenheiten eine Menge
Über Land und Leute erfahren habe

Zum Beispiel bei einer Einladung der Fürstin von Trasicor
Der berüchtigten Maharani von Khaldopore
Sei er mit seinem Hund seinem ersten Hund
Jener merkwürdigen Mischung aus Reh und Polarfuchs
Auf den weltbekannten Botschafter Lillipitt von Maribundu
Und seine Gattin Sansibe
Gestoßen

Man habe dort ebenfalls wie überall um 17 Uhr Tee getrunken
Ganz zwanglos Tee getrunken
Aber auf einmal sei der Hund
Mit seinem schönen Kopf und seiner femininen Schnauze
Auf dem seegrünen Beinkleid des seegrünen Smokings
Von Botschafter Lillipitt gelegen
Und als der Hund nach einer Stunde seinen schönen Kopf gehoben
Habe er

Der Hund
Einen recht ausgedehnten Sabberfleck
Auf dem seegrünen Beinkleid des Herrn Botschafter Lillipitt von Maribundu
Zurückgelassen
Und es wäre beinahe im Palast der Maharani von Khaldopore
Zu einer Keilerei
Zwischen ihm Hagenbuch
Dem Botschafter und seiner Gattin Sansibe
Gekommen
Wegen des Flecks
Wegen des Flecks
Des Sabberflecks
Und Hagenbuch habe sich nur durch mehrmaliges Klatschen in die Hände
Zu helfen gewußt
Um die Dienerschaft herbeizurufen
So hätten der Botschafter und vor allem seine Gattin Sansibe
Um sich geschlagen und um sich gerudert
Und immer wieder in schrillen Tönen ausgerufen
Sowas macht man einfach nicht
Sowas macht man einfach nicht
Es sei ein Sonnabend gewesen
Und was sollen wir nun am Sonntag anziehen
Und was sollen wir nun am Sonntag anziehen
Und Hagenbuch habe zurückgerufen
Nichts
Nichts

Und Lillipitt habe schließlich
Mit dem Abbruch irgendwelcher Beziehungen gedroht
Und um seine Abberufung gebeten
Und Hagenbuch habe geantwortet
Bitte schön
Bitte schön
Und Sansibe habe geschrien
Sie mitteleuropäischer Flegel Sie

Und die Maharani von Khaldopore
Habe schließlich nach ihrer Gamelong-Gruppe gerufen
Um mit Musik alles wieder aus der Welt zu schaffen
Und Hagenbuch habe gerade ganz zwanglos
Um ein neues Täßchen Tee gebeten
Da habe der Hund sein erster Hund
Jene merkwürdige Mischung aus Reh und Polarfuchs
Habe der Hund plötzlich eine kleine Buddhastatue
Eine winzig kleine Buddhastatue
Aus irgendeinem Jahrhundert
Selbstverständlich vor Christus
Zwischen den Zähnen gehabt
Und alles wäre von vorne losgegangen

Noch weit bis nach Mitternacht
Als aller Tee längst weit und breit verschüttet war
Wären die schrillen und spitzen Schreie

Der Maharani des Botschafters und seiner Gattin
Sansibe
Im ganzen Palast stoßweise zu hören gewesen

Schließlich habe sein Hund sein erster Hund
So Hagenbuch
Schreibt Fugger an Wiesendanger
Nach all diesen erregenden Momenten
Naturgemäß mal hinausgemußt
Und Hagenbuch habe laut dazwischengerufen
Er muß mal
Er muß mal

Wie schon wieder
Wie schon wieder
Habe die Maharani zurückgeschrien
Ebenfalls die Botschaftersfrau
Wie schon wieder
Wie schon wieder

Und der Botschafter habe mit Hilfe der
Dienerschaft
Mit Lappen und Bürsten
Schrubbern und Bimsstein
Immer noch versucht den Fleck
Den Sabberfleck
Aus seinem seegrünen Beinkleid zu entfernen
Aber er
Hagenbuch
Schreibt Fugger an Wiesendanger

Habe seinen Hund nicht verleugnet
Sei mit ihm vor den Palast der Maharani von
Khaldopore gegangen
Damit er dort sein Geschäft erledige
Und der Hund habe bei dieser Erledigung
Ihn Hagenbuch
Mit großen Augen angesehen
Als habe er sagen wollen
Diese Hunde
Diese Hunde

Er sei dann
So Hagenbuch
Schreibt Fugger an Wiesendanger
Erst gar nicht mehr in den Palast zurückgekehrt
Sondern habe sich am Morgen unter die
Landbevölkerung gemischt
Habe diesem und jenem Eingeborenen von den
Vorkommnissen der Nacht erzählt
Und alle hätten mit ihm und dem Hund von Zeit zu
Zeit gesagt
Diese Hunde
Diese Hunde

Wenn er
Hagenbuch
Sich nun vorstelle
So Fugger an Wiesendanger
Wenn er sich nun vorstelle
Der Herr Ministerpräsident hätte

Ihn Hagenbuch diesmal wie damals
Mit seinem Hund zur Teestunde im kleinen
zwanglosen Kreis
In der Hauptstadt Adelbane
Zugelassen
Und wenn er sich weiter vorstelle
Daß in Adelbane
Im Palast des Ministerpräsidenten ähnliche
Vorkommnisse
Wie im Palast der Fürstin von Trasicor
Sich ereignet hätten
Und wenn er sich nun weiter vorstelle
Die zwanglosen Segelyachtbesitzer
Kulturschaffenden und Spitzensportler
Alle bewaffnet mit Bürsten und Schrubbern Lappen
und Bimsstein
Und alle bürstend und wischend
Schrubbend und reibend
Um aus ihren Beinkleidern
Die jeweiligen Sabberflecken seines Hundes seines
ersten Hundes
Zu entfernen
Während draußen in Afghanistan oder in
Skandinavien
Die sogenannte Welt
Und das sogenannte Leben rücksichtlos
weitergingen
Während drinnen alle Zwanglosen gezwungen seien
Flecken aus allen möglichen Beinkleidern zu
entfernen

Sich alles mögliche aus dem Gesicht zu entfernen
Aus den Haaren zu reißen
Aus den Zähnen zu brechen
Während draußen ganze Nomadenstämme
Immer noch hungernd und bettelnd
Durch Staub und Schutt von Erdteil zu Erdteil
zögen
Während drinnen der Herr Ministerpräsident
Seinem Herrn Staatssekretär und umgekehrt
Der Herr Staatssekretär seinem Herrn
Ministerpräsidenten
Die Beinkleider reinige
Während draußen Asche durchs All flöge
Um weitere Asche durchs All fliegen zu lassen
Dann müsse er
Hagenbuch
Schon sagen
Schreibt Fugger an Wiesendanger
Schon sagen
Eigentlich müsse er gar nichts sagen
Sondern sich eigentlich einen zweiten Hund
anschaffen
Oder ein Lama

Inzwischen habe er
Hagenbuch
Die Nachricht erhalten
Daß die Fürstin von Trasicor
Die Maharani von Khaldopore
An jenem Morgen nach besagter zwangloser Nacht

Den Botschafter Lillipitt von Maribundu und seine
Gattin Sansibe
Aus dem Palast geworfen
Ja regelrecht beide die vielen Stufen vor dem Palast
Auf denen sein Hund seinerzeit sein Geschäft erledigt
Hinuntergeworfen habe
Weil der Botschafter und seine Gattin
Immer weiter keifend und schreiend
Schließlich der Maharani vorgeworfen hätten
Sie habe zwar Träger und Tänzer Musiker und Kulis
Aber sie habe zuwenig Lappen und Schrubber
Bürsten und Bimssteine im Hause

Vor einigen Tagen
Habe er nun
So Hagenbuch
Schreibt Fugger an Wiesendanger
Habe er Hagenbuch
Eine Einladung des Königs von Persepolis
Zu einer zwanglosen Teestunde im kleinen erlesenen
Kreis
Erhalten
Hagenbuch habe gerade
Schreibt Fugger an Wiesendanger
Seinen Antwortbrief abgesandt
Und darin mit größter Freundlichkeit angefragt
Ob er seinen Hund seinen ersten Hund
Jene merkwürdige Mischung aus Reh und Polarfuchs
Unter Umständen
Mitbringen dürfe

Hagenbuch und die Gesunden

Hagenbuch
Hat jetzt zugegeben
Daß sich seine Cousine immer
Mitten im Sommer
Auf der Fahrt mitten in den Harz
Beim Umsteigen auf einem der Bahnsteige
Des Eisenbahnknotenpunktes Langendreer
Habe übergeben müssen
Während
Er selbst
Gleich nach der Ankunft
Mitten im Harz
In der alten Kaiserstadt Goslar
Stickhustenartige Anfälle
Mit unaufhörlichem Keuchen bekommen

Habe also seine Cousine
Die Tochter eines Sparkassenoberinspektors
Schon vorher
Noch auf der Fahrt mitten in den Harz
Immer beim Umsteigen auf einem der Bahnsteige
Des Eisenbahnknotenpunktes Langendreer
Sich übergeben
Und damit ihren Eltern
Und gleichzeitig sich

Und gleichzeitig seinen Eltern
Und ihm selbst
Den Urlaub von vornherein verdorben
So habe er
Hagenbuch
Gleich nach Ankunft mitten im Harz
In der alten Kaiserstadt Goslar
Durch stickhustenartige Anfälle
Mit unaufhörlichem Keuchen
Seinen Eltern
Und gleichzeitig sich
Und gleichzeitig seiner Cousine
Und ihren Eltern
Den Urlaub verdorben
Obwohl es im Haus der Verwandten seiner
    Cousine
Einer alleinstehenden Schwester des
    Sparkassenoberinspektors
Und einer weiteren
Mit einem Stadtgärtner verheirateten
Aber schon verwitweten Schwester
Und deren Tochter
Einem Einzelkind namens Agathe
Den besten Schokoladenpudding der Welt
Und die beste Weincreme der Welt
Als Nachtisch gegeben habe
Den er
Hagenbuch
Zu Hause
Also bei seinen Eltern nie bekommen habe

Und den auch seine Eltern
Bei ihren Eltern usw usw
Nie bekommen hätten

Und alle seien sie immer wieder
Nicht nur des Schokoladenpuddings
Und der Weincreme wegen
Sondern auch wegen des vierhundert Meter
Hohen Rammelsberges
Den er
Hagenbuch
Immer habe besteigen wollen
Den er aber aufgrund der schlagartig einsetzenden
Widrigkeiten in der alten Kaiserstadt Goslar
Nie bezwungen habe
Alle seien sie immer wieder
Mit unbändiger Freude und nicht zu beschreibender
Ausgelassenheit
In jedem Sommer
Mitten in den Harz gefahren
Um den Herzberger Teich zu sehen
Oder nach Hahnenklee hinaus zu spazieren
Obwohl alle gewußt hätten
Daß sie sich alle gegenseitig den Urlaub verderben
Und nie den Herzberger Teich zu Gesicht bekämen
Und kein Weg sie nach Hahnenklee führe
Weil natürlich
So Hagenbuch
Auch seine Eltern
Und die Eltern seiner Cousine

Einerseits das Erbrechen in Langendreer
Und andererseits die sofort in der alten Kaiserstadt
Goslar
Einsetzenden Stickhustenanfälle
Nicht auf die Dauer ertragen und hingenommen
hätten
Im Gegenteil
Bald habe sich Elternteil gegen Elternteil gewandt
Und ständiges Erbrechen
Und ständiges Husten und Ersticken
Auf Erziehungsfehler zurückgeführt
Und obwohl gesund
Habe sich Elternteil mit Elternteil
Mitten im Harz
Oft in den Haaren gelegen
Und zwar manchmal so sehr
Daß er
Hagenbuch selbst
Mit seiner Cousine hustend und keuchend
Aus dem Bett
Mitten auf den Flur getreten
Um die zankenden Elternteile zu besänftigen
Angesichts der Aussicht
Doch noch eines Tages nach Hahnenklee
Oder zum Herzberger Teich zu gelangen

Aber schon bei der Abfahrt
Im Jahre darauf
Habe schon jeder gewußt
Daß es schiefgehe

Heute noch
Käme er
Hagenbuch
In die Gegend von Bebra und Kreiensen
Und dann weiter nördlich
Schließe er meist beide Augen
Und denke an Schokoladenpudding und Weincreme

Und daß es wenige Jahre darauf
In der alten Soldatenstadt Detmold
Ebenso schiefgegangen
Hagenbuch
Habe dort gleich nach Ankunft
Schon am ersten Tag
Durch Verzehr eines Omelettes mit Schinken und
Speck
Seinem Vater die ganzen drei Wochen restlos
verdorben
Und sein Vater
Der ihm täglich aufs neue
Das berühmte Hermannsdenkmal habe zeigen
wollen
Immer mit dem Hinweis
Daß in die Nase des Hermann
Ein ganzer Mensch passe
So groß sei der Hermann
Sein Vater habe die ganzen drei Wochen
Allein spazieren müssen
Auf und ab
Von Detmold nach Hiddesen

Und von Hiddesen nach Detmold
Während er
Hagenbuch
Mit einem verdorbenen Darm
In seinem Detmolder Zimmer
So Hagenbuch wörtlich
In seinem Detmolder Zimmer gelegen
Und die Stunden gezählt
Und die Tapete auswendig gelernt
Mitten im Sommer

Ebenso kenne er
Hagenbuch
Ein ähnliches Zimmer mitten in Thüringen
Unweit von Gotha
Ein Zimmer mit Vollpension
Sechs Mark und fünfunddreißig
In dem er sich gleich nach Ankunft
Gewissermaßen gleich nach dem ersten Betreten
Ins Bett gelegt
Mit vergiftetem Magen
Mitten im Sommer
In Tabarz
In der Nähe von Friedrichroda
Wo andere immerzu Ausflüge machen
Immerzu wandern klettern singen und springen
Habe er
Hagenbuch
In seinem Thüringer Zimmer gelegen
Und um Wasser gebeten

Und er habe seinem Vater die Ferien
Zur Hölle gemacht
Weil sein Vater ihm nur erlaubt
Abgekochtes Wasser zu trinken
Er aber habe nur kaltes Wasser gewollt
Und sein Vater habe dann Wasser abgekocht
Und es habe volle zwei Tage gedauert
Bis das abgekochte Wasser so kalt gewesen
Daß es wie kaltes Wasser geschmeckt
Aber es habe so abscheulich geschmeckt
Daß er
Hagenbuch
Es nicht getrunken habe
Mitten in Thüringen
Unweit von Gotha

Und am Bodensee
Habe er später allen die Ferien verdorben
Durch einen durch und durch faulen und morschen
    Weisheitszahn
Der so faul und so morsch gewesen
Daß ihn der Arzt kaum habe ziehen können
Und der Arzt habe ihm
Hagenbuch
Ständig Vorhaltungen gemacht
Und durch die ganze Stadt nach Penicillin gerufen
Und er
Hagenbuch
Habe dem Arzt in der Zwischenzeit
Die Geschichte von seiner Cousine auf der Fahrt

Mitten in den Harz erzählt
Vom Eisenbahnknotenpunkt Langendreer
Und von seinen
Hagenbuchs schlagartig einsetzenden Widrigkeiten
In der alten Kaiserstadt Goslar
Und der Weisheitszahn wäre so faul und so morsch
gewesen
Daß er
Hagenbuch
Dem Meersburger Zahnarzt alle Arbeit verdorben
So daß er
Hagenbuch
Noch Tage danach
Als der Zahn längst entfernt
In seinem Meersburger Zimmer gelegen
Mit Flechte und Aussatz
Aufgrund der Tabletten
Mitten im Sommer

Und er
Hagenbuch
Wisse noch hundert weitere Zimmer
In denen er
Mitten im Sommer gelegen
Und allen alles verdorben
Und er bewundere die
Die sich von Körnern ernähren
Von Körnern und Säften
Nie krank und hinfällig werden
Nie von innen nach außen

Oder von außen nach innen
Sich was zufügen
Nie anderen dadurch alles verderben
Keinem zur Last fallen
Er wolle gern auch so sein
Aber er schaffe es nicht
Er falle zur Last
Mitten im Sommer
Falle er
Hagenbuch
Mitten unter die Gesunden

Hagenbuch und die Musik

Hagenbuch
Hat jetzt zugegeben
Daß er in seiner Londoner Zeit
Nie ein Musikinstrument angerührt habe

Dagegen habe er in seiner Warschauer Zeit
Das größte Oratorium der Musikgeschichte
Ja der Weltgeschichte
Komponiert

Aber in seiner Londonder Zeit
Sei er jedem Musikinstrument
Jeder sogenannten Musikausübung
Aus dem Wege gegangen
Er habe
Kein Konzert
Kein Ballett
Keinen Liederabend
Keine Oper
Nichts von alledem
Habe er in seiner Londoner Zeit
Aufgesucht
Er wäre allem was mit Musik
In Verbindung gebracht werden könne
Ausgewichen

Einer Einladung des Orchesterdieners
Der berüchtigten Londoner Philharmoniker
Anthony Fletcher
Der ihn Hagenbuch
Zu einer schlichten Mahlzeit in sein einstöckiges Haus
Gebeten
Sei er zwar nachgekommen
Aber nur unter der Bedingung
Habe er dem Orchesterdiener brieflich mitgeteilt
Nur unter der Bedingung
Kein Wort über Musik

Und so hätten sie sich schließlich
Über zwei Stunden
Der Orchesterdiener
Hagenbuch
Und des Orchesterdieners Frau Emily
Emily
Habe der Orchesterdiener zwischendurch immer
    wieder gesagt
Emily
Kein Wort über Musik
Mister Hagenbuch leidet unter Musik
So hätten sie sich schließlich
Über zwei Stunden
Über deutsches Bier
Im Vergleich zum englischen Bier
Über deutsches Brot
Im Vergleich zum englischen Brot
Über deutsches Fleisch

Im Vergleich zum englischen Fleisch
Und über deutsches und englisches Fleisch
Im Vergleich zum argentinischen Fleisch
Unterhalten

Aber jedesmal
Wenn Anthony Fletcher die leiseste Anspielung
gemacht
Zum Beispiel daß er oft die Harfe
Wenn man all die Jahre zusammenrechne
Kilometer weit schleppen müsse
Habe Hagenbuch sofort gesagt
Mr. Fletcher
First of all No music

Nach der schlichten Mahlzeit seien sie dann
In den bis zur reinen Harmonie
Völlig verwahrlosten und verwüsteten englischen
Garten
Gegangen
Und Hagenbuch habe gesagt

Mr. Fletcher
Ja Sir
Haben Sie die Wasservorräte für ihre Kaninchen
Gleichermaßen verteilt
Ja Sir

Mr. Fletcher
Ja Sir
Litten Sie schon mal an Skorbut

Nein Sir
Waren Sie schon mal schiffbrüchig
Neun mal Sir
Sehen Sie etwas am Horizont
Nein Sir
Haben Sie Kinder
Ja Sir

Mr. Fletcher
Ja Sir
Glauben Sie daß wir je noch mal von dieser Insel
Abgeholt werden
Nein Sir

Mr. Fletcher
Ja Sir
Ich danke Ihnen
Nicht nötig Sir

Diese und ähnliche Gespräche
Wären die einzigen Gespräche gewesen
Die er
Hagenbuch
In seiner Londoner Zeit mit Anthony Fletcher
Oder mit sich selbst geführt habe
Aber kein Wort von Musikerziehung
Harmonielehre
Vom Blatt singen Kontrapunkt erste zweite und
dritte Stimme
Melos Rhythmik Absolutes Ohr und
Musikgeschichte

Dagegen sei in Warschau alles ganz anders gewesen
In seiner Warschauer Zeit
Habe er meist keinen Bissen zu sich genommen
Sondern sich in der Hauptsache
Regelrecht von Musik ernährt

Durch Anna von Böhmen
Die ihn ebenfalls zu einer Suppe gebeten
Und die allein schon bei musikalischen
Bezeichnungen
Wie Toccata oder Ostinato
In Tränen ausgebrochen sei
Habe er
Hagenbuch
Den polnischen Pianisten Andzjei Dschelinskij
Den es tatsächlich gebe
Kennengelernt
Der ihn in die Warschauer Musikwelt
Eingeführt habe
Und in seiner Warschauer Zeit
Habe er
Ganz anders als in seiner englischen Zeit
Oft nächtelang kerzengerade
In seinem Warschauer Bett gesessen
Und vor Lachen nicht einschlafen können
Wenn er Note für Note
Takt für Takt
In seinem Kopf erst gespürt und dann empfunden
habe

Dort wäre ihm das größte Oratorium
Der Musikgeschichte
Ja der Weltgeschichte
Nicht nur eingefallen
Sondern geradezu zugefallen
Das Oratorium
»Vom Herkömmlichen und Hinfälligen«
Mit dem berühmten Schlußchor
»Ich komme her und falle hin«

Ich darf Ihnen vielleicht ein kurzes Zitat
Daraus vortragen

Großer Mond laß mich schweben
Großer Mond sieh mein Leben
Ich komme her und falle hin
Mach mich leicht so schwer ich bin

In 16 Nächten
In denen er vor Lachen und Musik
Und vor Musik und Lachen
Nicht habe einschlafen können
Sei ihm dies in den Kopf gekommen

Und er habe sogleich
Anna von Böhmen
Die er
In seiner italienischen Zeit kennengelernt habe
Einen Dankesbrief
Für ihre wertvolle Empfehlung
Geschrieben

In seiner italienischen Zeit
Wäre wieder alles ganz anders gewesen
In seiner italienischen Zeit
Habe er von Musik überhaupt nichts gewußt
Eine Viertelnote nicht von einer Sechzehntelnote
Unterscheiden können
Den Fingersatz nie beachtet
Und die Pausenzeichen für Druckfehler
Gehalten

Ja schließlich habe er in seiner italienischen Zeit
Sogar die Musik verachtet
Händel habe er restlos abgelehnt
Haydn habe er abgelehnt
Alle Programm-Musiker habe er abgelehnt
Händel sei ein Schwindler
Alle Künstler seien Schwindler
Berufs und Geburtsschwindler
Und er Hagenbuch
Könne es nicht weiter verantworten
Solche Geheimnisse für sich zu behalten
Händel sei der größte Schwindler
Man wisse ja bis heute nicht einmal
Ob er Engländer Deutscher Italiener oder
Hannoveraner
Gewesen sei
Er habe Hals über Kopf die Oper
An das Oratorium verraten
Händel sei ein Gesellschaftsanpasser
Und immer wenn eine Renaissance ausbräche

Passe sich die Gesellschaft Händel an
Händel sei der größte Schwindler gewesen

Nach seiner italienischen Zeit
Habe er
Hagenbuch
Dann in Wien seine 3. Simultansinfonie erfunden
In Prag sein Concerto »Der Erde Krankheit«
Für Gehör Streicher und Autisten
In Madrid
Seine sinfonische Dichtung
»Zitate und Fußnoten«
Verlegt und nicht wiedergefunden
In Lissabon
Wäre sein concertantes Soloballett
»Jacob und die Frösche«
Ausgepfiffen worden
Aber der Skandal wäre in Reykjavik gekommen
Dort habe er
Hagenbuch
Schließlich allein
Und ohne jedes Publikum
Seine Minimalmusik über die Matthäus-Passion
Aufführen müssen
Ein siebenstündiges Gedankenkonzert
Über das Bibelwort
»Und er antwortete ihm nicht auf ein Wort
So daß sich der Landpfleger sehr verwunderte«

Danach wäre er verbittert nach London gegangen
Und seine englische Zeit habe begonnen
In der er bekanntlich jeder Musik
Aus dem Wege gegangen sei
Er habe in dieser Zeit nur einen Akkord
komponiert
Aber niemand hätte diesen einen Akkord spielen
wollen

Einzig in Mainz
Wäre er sehr viel später auf Musikanten gestoßen
Die sich bereit erklärt hätten
Im Gegensatz zu allen anderen Musikern der Welt
Diesen einen Akkord zu spielen
Der Titel dieses einen Akkords
Heißt
»Guten Morgen«

(Akkord)

Danach habe er
Hagenbuch
Sich bedankt
Und sich vor seinem Publikum sehr lange verneigt

Hagenbuch in Bless-Hohenstein II

Hagenbuch
Hat jetzt zugegeben
So Prager und Kretzschmer heute
Daß er
Hagenbuch
Gleich nach seiner Ankunft
In der Anstalt Bless-Hohenstein
Ohne die Voranmeldung abzuwarten
So Prager und Kretzschmer heute
Daß er
Hagenbuch
Gleich zum obersten Leiter der Anstalt
Dem sehr ehrenwerten Professor Eduard von Bleiberg
Geeilt
Um dem sehr ehrenwerten Professor
Mitzuteilen
Daß mit Verlaub Herr Professor
Die Welt aus einem völlig falschen Verständnis heraus
Geschaffen worden sei
Und deshalb sei er
Hagenbuch
Jetzt hier

Und der oberste Leiter der Anstalt
Habe ihn
Hagenbuch
Lange und freundlich angesehn
Etwa 60 Sekunden
Und dann erst gesagt
Mein lieber Herr Hagenbuch
So Prager und Kretzschmer heute
Mein lieber Herr Hagenbuch
Zunächst wollen wir zwei uns ganz langsam setzen
Und dann ganz langsam einen Apfeltee zu uns
nehmen
Und wir wollen uns dann
Vorsichtig einander vorstellen
Und ganz langsam uns immer näher kennenlernen
Bis wir unsere Vermutung bestätigt wissen
Daß wir
Mein lieber Herr Hagenbuch
Sicherlich mehrere Wochen in unserer Anstalt
Werden verbleiben müssen
Bis wir dann ganz langsam die Gewißheit haben
Daß Ihre Befürchtung
Die Welt sei aus einem völlig falschen Verständnis
heraus
Geschaffen worden
Unsere Befürchtung
Mein lieber Herr Hagenbuch
Unsere Befürchtung nicht länger zu sein braucht
Und wir ganz langsam wieder
Vögel für Vögel halten

Wälder für Wälder
Wasser für Wasser
Und Menschen für Menschen

So und nicht anders
Mein lieber Herr Hagenbuch
Soll es uns eines Tages genügen
Und unsere Schwester Frau Klytemnästra
Wird Ihnen nun Ihre Habe
Aufs Zimmer tragen
In dem Sie
Mein lieber Herr Hagenbuch
In dem Sie am Fenster sitzen
Und die Milchkannenträger Prager und Kretzschmer
Von Haus Geistesnot
Und unseren lieben Gärtner Ferdinand XII
Beobachten können

Heinz der Chauffeur
Wird Sie dann zu gegebener Zeit
Wieder in Ihre Behausung fahren
Wenn wir
Mein lieber Herr Hagenbuch
Bestätigen können
Daß Ihre Stabilität
Als eine uns passende vorkommt
Und wir ganz langsam ein Mitglied
Aus Ihnen entwickeln
Nämlich
Harmonisch und harmlos

Und Hagenbuch
So Prager und Kretzschmer heute
Sei auf sein Zimmer gegangen
Habe das Fenster geöffnet
Und sofort nach den Milchkannenträgern Prager und
Kretzschmer
Gerufen
So Prager und Kretzschmer heute
Und beide
Wären in ihren graublauen Drillichkleidern
Gerade mit ihren Milchkannen
Zur Stelle gewesen
Und hätten sich vorgestellt
Prager und Kretzschmer
Milchkannenträger
Zur Zeit in Haus Geistesnot
Und Hagenbuch habe sich vorgestellt
Hagenbuch
Zur Zeit Fenstersitzer
Und daß er befürchte und glaube
Und wisse und zweifle
Daß diese Welt aus einem völlig falschen Verständnis
heraus
Geschaffen worden sei
Aber niemand ihm glaube
Und er sich selbst nicht mehr traue

Und Prager und Kretzschmer
So Prager und Kretzschmer heute
Hätten die Milchkannen abgesetzt

Und zusammen gesagt
Nur zu
Nur zu

Und Hagenbuch
Habe sich aus dem Fenster gebeugt
Und beiden die Sache erklärt

Der Henker
So Hagenbuch
Der Henker habe das Beil schon hoch in der Luft
gehabt
Da habe der Hinzurichtende gesagt
Ich bin gar nicht der den Sie meinen
Darauf habe der Henker das Beil sachte zur Seite
genommen
Und habe gesagt
O dann hab ich Sie falsch verstanden
Worauf der Henker den Hinzurichtenden
Wieder vom Richtblock geschnallt
Wonach der Hinzurichtende schnell zu seinem Hause
geeilt
Dort aber von den Nachbarn erfahren habe
Daß seine Frau inzwischen den Frieder zum Manne
genommen
Worauf der Hinzurichtende gesagt habe
Dann hab ich das Ganze wohl falsch verstanden
Und um sich zu trösten sei er ins Wirtshaus gegangen
Und dort sogleich auf den Chefvollstrecker gestoßen
Der habe gerufen

Sie leben ja noch
So war das doch nicht gemeint
Dann hat mich der Henker wohl falsch verstanden
Worauf der Hinzurichtende willig
Sich wieder vom Chefvollstrecker zurück
An die Richtstätte abführen ließ
Und der erstaunte Henker habe gesagt
O Chef dann hab ich Sie falsch verstanden
Und der Chefvollstrecker habe geantwortet
Er habe es so nicht gemeint
Und der Hinzurichtende habe hinzugefügt
Er habe das Ganze wohl falsch verstanden
Und habe sich wieder anschnallen lassen
Worauf der Henker das Beil gehoben
Und der Hinzurichtende wiederum sagte
Ich bin gar nicht der den Sie meinen
Und der Henker habe das Beil wieder sachte zur Seite
genommen
Und gesagt
O dann hab ich Sie falsch verstanden
Und habe den Hinzurichtenden wieder vom
Richtblock
Geschnallt undsofort undsofort undsofort

Undsofort undsofort
Habe Hagenbuch nun immer wieder gesagt
Undsofort undsofort
So Prager und Kretzschmer heute
Undsofort undsofort undsofort
Und Prager und Kretzschmer

Wären mit eingefallen
Undsofort undsofort undsofort
Dann hab ich das falsch verstanden
Habe Prager gesagt
Und Kretzschmer
Ich bin gar nicht der den Sie meinen
Und Hagenbuch
O dann hab ich Sie falsch verstanden
Und dann alle drei unisono zusammen
Dann hab ich das falsch verstanden
So Prager und Kretzschmer heute
Und Hagenbuch habe dann dirigiert
Und immer schneller und lauter
Wäre ein richtiger Kanon entstanden

Dann hab ich das falsch verstanden
O das war aber nicht
So gemeint
Dann hab ich das falsch verstanden
O das war aber nicht
So gemeint

Und plötzlich wären alle Milchkannenträger
hinzugekommen
Und hätten in diesen einfachen
Aber schließlich völlig verrückten Kanon
Mit eingestimmt
Und es wäre ein Singen
Ein Lärmen
Und ein Klappern mit den Kannen gewesen

Dann hab ich das falsch verstanden
O das war aber so nicht gemeint
Dann hab ich das falsch verstanden
O das war aber so nicht gemeint

Ein Singen
Ein Lärmen
Und ein Klappern mit den Kannen

Und schließlich sei
Schwester Frau Klytemnästra erschienen
Und
Heinz der Chauffeur
Und Schwester Frau Klytemnästra
Habe die Milchkannenträger auseinandergetrieben
Und herumkommandiert

Alexander der Große sofort ins Haus
Odysseus hierhin
Einhart von Reutlingen bist du jetzt artig
Marsch ab ihr dummen Kinder
Und daß ihr mir keine Milch verschüttet
Gneisenau wie siehst du denn aus
Los jetzt
Und Hagenbuch schließe das Fenster schließe das
Fenster
Aber Hagenbuch
So Prager und Kretzschmer heute
Habe das Fenster nicht geschlossen
Sondern nach dem Gärtner gerufen

Ferdinand XII möge sogleich erscheinen
Und der Gärtner
Wäre tatsächlich gekommen
Und habe gesagt
Er sei in Wirklichkeit Reichsverweser
Und Hessen und Nassau und Braunschweig und
    Anhalt
Seien ihm zugeteilt
Habe der Gärtner gesagt
Aber jetzt habe er einerseits
Die orthopädischen Pflanzen
Und andererseits
Die gemütskranken Pflanzen
In Obhut
Und habe die Beete zu ordnen
Die Wege zu pflegen
Die Gräser zu wässern
Und die Steine zu säubern

Und Hagenbuch
So Prager und Kretzschmer heute
Sei dann aus dem Fenster gesprungen
Und wochenlang mit Ferdinand XII im nahe
    gelegenen Wald
Wochenlang auf und ab gegangen
Und der Gärtner immer hinter Hagenbuch her
Mit Stiefmütterchen und Vergißmeinnicht
In den Händen
Und Hagenbuch habe am neunten Tage gesagt
Daß man die Schwachen immer hänsele und erniedrige

Obwohl jeder wisse
Daß nur die Schwachen
Güte und Großzügigkeit
In die Welt gebracht
Und die Starken immer die Welt am Ende zerstört
Aber immer seien die Schwachen
Ob ihrer Schwäche
Gehänselt und erniedrigt worden
Bis sie an Schwäche gestorben
Aber auch die Starken wären gestorben
Und alles Durchsetzen habe ihnen nicht weitergeholfen
So wenig wie alles Aufgeben den Schwachen
    weitergeholfen
Aber die Schwachen
Hätten die Güte unterirdisch
Aufrechterhalten
Und die Starken wären nur stark gewesen
Weil sie in Wirklichkeit schwach
Und die Schwachen wären immer viel stärker
    gewesen
Weil sie in Wirklichkeit stark
Aber die Welt sei aus einem völlig falschen
    Verständnis heraus
Geschaffen
Und so sei auch diese Erkenntnis
Wiederum falsch und umsonst
Und bringe niemanden weiter
Obwohl dies die älteste Menschenkrankheit sei
Die Hoffnung weiterzukommen undsofort
    undsofort

Und der Gärtner
Habe Hagenbuch immer die Blumen und Pflanzen
getragen
Und beide seien sie wochenlang im Walde gewesen
Und tagelang um Haus Geistesnot herumgegangen
Und hätten sich ihre Köpfe zerbrochen

Bis dann der Tag gekommen
An dem der oberste Leiter der Anstalt Bless-Hohenstein
Der sehr ehrenwerte Professor Eduard von Bleiberg
Hagenbuch zu sich gebeten
Um nun zu sagen
Daß er der oberste Leiter
Für ihn
Mein lieber Herr Hagenbuch
Nichts mehr tun könne
Auch das Ärzteteam Löchel Pietsch und Zehetbauer
Sowie die Kollegen Steinmann Kringel und Försterling
Alle seien ohne Ergebnis
Ohne Ergebnis
In seinem Fall
Ohne Ergebnis
Und Heinz der Chauffeur würde ihn nun
Mein lieber Herr Hagenbuch
Zurück zu seiner Behausung fahren
Dort solle er
Mein lieber Herr Hagenbuch
Sich weiter ans Fenster setzen
Seinen Apfeltee trinken
Und in die Ferne schauen

Hagenbuch auf dem Weg nach Bless-Hohenstein

Hagenbuch mit Julchen im Garten von Bless-Hohenstein

Hanns Dieter Hüsch im Schloßpark von Moers

Hagenbuch in Bless-Hohenstein

Und Hagenbuch soll so getan haben
So Prager und Kretzschmer heute
Und heute noch
Säh man ihn dort
Und er schaue auf Argumente und Exkremente
Und wisse von Tag zu Tag mehr und mehr
Daß die sogenannte Welt aus einem völlig falschen
    Verständnis
Heraus geschaffen worden sei
Und jeder wisse dies auch inzwischen
Aber keiner wolle es wahrhaben
Weil niemand schwach sein dürfe
Weil alle stark sein müßten
Die Professoren wie die Gärtner
Die Milchkannenträger und die Schwestern
Weil alle
So Hagenbuch
Sich völlig falsch verstünden
Und kein Wort mehr auf dem anderen bliebe
Und kein Gedanke sich mit dem anderen verbinde
Aber das wäre die Welt
Und das wäre der Wahnsinn
Dem man endlich zustimmen solle
Um sich und die Seinen zu heilen
Im Namen der Schwäche
So Hagenbuch
Der Schwäche in Ewigkeit aussichtslos
Unüberblickbar nichts mehr und nur noch vergänglich
Und aufrecht in Dankbarkeit

Hagenbuch und seine Freunde

Hagenbuch
Hat jetzt zugegeben
Daß sein Freund Paul auf den Bäumen
Vor ihm
Und sein Freund Heinz über den Berg
Nach ihm
Verrückt geworden sei

Paul auf den Bäumen
Sei Ende September
Und Heinz über den Berg
Anfang Oktober
Verrückt geworden

Sein Freund Franz auf den Zinnen
Ende November
Und sein Freund Fritz in dem Fluß
Anfang Dezember

Seine Freunde Hans auf den Ästen
Und Christian unter den Wiesen
Seien dagegen im Sommer
Verrückt geworden

Und seine Freunde
Till in der Mauer

Und Claas op den Nebel
Im Winter

Paul auf den Bäumen
Sei am 23. September verrückt geworden
Und Heinz über den Berg
Am 3. Oktober

Franz auf den Zinnen
Am 29. November
Und Fritz in dem Fluß
Am 2. Dezember

Hans auf den Ästen
Am 16. Mai
Und Christian unter den Wiesen
Am 15. Mai

Till in der Mauer
Am 23. Dezember
Und Claas op den Nebel
Am 27. Dezember

Claas op den Nebel
Um die Mittagszeit

Till in der Mauer
Zwischen 11 und 12

Christian unter den Wiesen
Morgens um 6

Hans auf den Ästen
Kurz nach Mitternacht

Fritz in dem Fluß
Um 16.31 Uhr

Franz auf den Zinnen
Um 7.10 Uhr

Heinz über den Berg
Etwa um 8

Und
Paul auf den Bäumen Punkt 10

Claas op den Nebel
Sei verrückt geworden
Durch einen zu langen Blick auf ausdauernde Pflanzen

Till in der Mauer
Durch ein Hardekopfgedicht

Christian unter den Wiesen
Durch ein Lichtensteingedicht

Hans auf den Ästen
Durch ein Ehrensteingedicht

Fritz in dem Fluß
Und Franz auf den Zinnen
Durch eine plötzliche Gleichzeitigkeit
Aller Ereignisse

Heinz über den Berg
Durch ein Van Hoddisgedicht

Und Paul auf den Bäumen
Habe den vorletzten Heiligen Abend
In einem leeren fahrenden Güterwagen verbracht
Und um die Nacht zu verteilen und den Schlaf zu
vergessen
Habe er in völliger Dunkelheit
So beschwört er
Mit Kreide auf die 4 inneren Wände des
Güterwagens
Alles was in ihm gewesen
Drauf geschrieben gekritzelt
Beschwört er
Immer ohne zu wissen
Was er nun schreibe und ob es anderntags
Leserlich sei
Bis alle Wände
Er habe sie mit der Hand abgetastet
Voll Kreide und Schrift gewesen
Dann wäre er eingeschlafen

Und sei am Morgen erwacht
Irgendwo in der Welt
Zwischen Brisbane und Stavanger
Und er habe die Tür geöffnet
Und Licht sei geworden
Und auf den Wänden
Voll Lebenszeichen und Hilferufen
Wutausbrüchen und Sanftmut und Jahreszahlen
Habe auf einmal gestanden
Überall hinter und übereinander

Und unter und durcheinander
Und überall
Sogar an der Decke des Wagens
Und auf dem Boden
Die er beide gar nicht beschrieben
Beschwört er
Habe auf einmal
Deutlich zu lesen
Gestanden:

Fürchtet euch nicht

Und wäre nicht wegzuwischen gewesen
Beschwört er
Hagenbuchs Freund
Paul auf den Bäumen
Der am 23. September darauf
Verrückt geworden
Weil er natürlich sofort allen diese Geschichte
erzählt
Und alle hätten ihn sofort für verrückt gehalten
Und alle hätten ihm sofort die Nase gemacht und an
die Stirn getippt
Und alle hätten ihm sofort Häuser und Autos
Juwelen und Kleider gezeigt
Er solle doch auf dem Boden bleiben

Da wäre er
Auf die Bäume geklettert
Und man habe ihn holen müssen
Paul auf den Bäumen

Sonst wär er vergangen
Wie schmutziger Schnee unter sauberer Sonne

Hagenbuch ist über diese Geschichte
Verrückt geworden
Und hat sie notiert
Und geschrieben
Daß er immer noch an diesen Augenblick glaube
In dem er
Urplötzlich anfinge
Einen einzigen Satz zu schreiben
Und nicht mehr aufhöre
Einen langen Satz
Der nie mehr zu Ende gehe
Wie ein Perpetuum mobile
Wie eine lange Musik*
Für seinen Freund
Paul auf den Bäumen
Der vor ihm
Und seinen Freund
Heinz über den Berg
Der nach ihm verrückt geworden sei

---

* *Hier setzt tatsächlich Musik ein:*
Und zwar das »Oktett« von Steve Reich
Die Musik wird langsam aufgezogen
Steigert sich bis zum Text-Ende
Und wird dann weggeblendet

Paul auf den Bäumen
Sei Ende September
Und Heinz über den Berg
Anfang Oktober
Verrückt geworden

Sein Freund Franz auf den Zinnen
Ende November
Und sein Freund Fritz in dem Fluß
Anfang Dezember

Seine Freunde Hans auf den Ästen
Und Christian unter den Wiesen
Seien dagegen im Sommer
Verrückt geworden

Und seine Freunde
Till in der Mauer
Und Claas op den Nebel
Im Winter

Paul auf den Bäumen
Sei am 23. September verrückt geworden
Und Heinz über den Berg
Am 3. Oktober

Franz auf den Zinnen
Am 29. November
Und Fritz in dem Fluß
Am 2. Dezember

Hans auf den Ästen
Am 16. Mai

Und Christian unter den Wiesen
Am 15. Mai

Till in der Mauer
Am 23. Dezember
Und Claas op den Nebel
Am 27. Dezember

Claas op den Nebel
Um die Mittagszeit

Till in der Mauer
Zwischen 11 und 12

Christian unter den Wiesen
Morgens um 6

Hans auf den Ästen
Kurz nach Mitternacht

Fritz in dem Fluß
Um 16.31 Uhr

Franz auf den Zinnen
Um 7.10 Uhr

Heinz über den Berg
Etwa um 8

Und
Paul auf den Bäumen
Punkt 10

Hagenbuch und die Körperertüchtigung

Hagenbuch
Hat jetzt zugegeben
Daß er jeder sportlichen Tätigkeit
Sowie jeder Leibeserziehung
Und jeder sogenannten Körperertüchtigung
Strikt aus dem Wege gehe
Strikt
Und daß seine einzige
Wenn überhaupt
Sportliche oder auch körperliche Betätigung
In ausgedehnten Spaziergängen zu sehen sei

Diese seine endlosen Spaziergänge
Seien aber keine Spaziergänge
Sondern Gedankengänge
Endlose Gedankengänge
Die je weiter und je ausgedehnter
Natürlich nicht mehr übersehbare Spaziergänge
seien
Aber mit den sonst üblichen Spaziergängen
Die er
Hagenbuch
Zum Beispiel als Vierjähriger
Mit seinen Eltern habe machen müssen
Gar nichts zu tun hätten

Oder zu tun haben könnten
Denn als Vierjähriger
Und auch noch als Siebenjähriger
Hätten ihn seine Eltern rund um die Stadt
Jeden Sonntag rund um die Stadt
Über den sogenannten Wall
Einer ehemaligen Stadtbefestigungsmauer
Geschleift

An einem Sonntag links herum
Am nächsten Sonntag rechts herum
Am dritten Sonntag wieder links herum
So daß er einerseits seine Füße
Habe kaum noch empfinden
Andererseits aber schon als Vierjähriger
Und auch noch als Siebenjähriger
Mit seinem Kopf sich habe sagen können
Daß er als Erwachsener
Solchem und ähnlichem Unfug
Mit aller Kraft entgegenträte
Und überhaupt
Jeder sportlichen Betätigung
Und jeder Art und Weise von Leibeserziehung
Und sogenannter Körperertüchtigung
Eine strikte Absage erteile
Wie er denn auch
Die bekannte altrömische Behauptung
Daß nur in einem gesunden Körper
Ein gesunder Geist sein solle
Für eine außerordentlich kriminelle Behauptung halte

Ja für die kriminellste und unmenschlichste
Behauptung
Seit Menschengedenken überhaupt

Dies alles habe er
Hagenbuch
Auf einem der berühmten Wochenendseminare
In der berühmten Akademie Sankt Bitter in den
Feldern
Gesagt
Als es dort um Themen wie
Verwirrung in Händen und Füßen
Und
Verwirrung in Köpfen und Beinen
Ging

Verwirrung
Habe er gesagt
Sei doch erst dann entstanden
Und immer mehr aufgekommen
Als man an Stelle von zwei Händen
Plötzlich tausend Hände bekommen und gesehen
habe
Verwirrung
Sei doch erst dann entstanden
Und immer mehr aufgekommen
Als man an Stelle von zwei Füßen
Plötzlich tausend Füße gehört und gespürt habe
Und
Habe er gesagt

Einer habe immer noch mehr Hände und Füße
Haben wollen als der andere
Die Herren mögen sich doch einmal
Die vollkommene Verwirrung
Bei einem sogenannten Volkslauf ansehen
Oder die blutunterlaufenen Köpfe
Bei einem 150 Kilometer Punkte Gehen
An dessen Ende immer
Die vollkommene Verwirrung
In jedermanns Gesicht geschrieben stünde

Und
Auf die aufgebrachte Zwischenfrage
Was denn die Menschheit tun solle
Habe er
Hagenbuch geantwortet
In einen Sessel setzen
In einen schönen alten Sessel
Mit hoher Rückenlehne und ausladenden Seitenarmen
In diesen Sessel setzen
Und wie die Sphinx im Staube Ägyptens
Von Ewigkeit zu Ewigkeit
Dort ganz ruhig sitzen bleiben
Dem einen einen guten Morgen wünschen
Dem anderen viel Glück
Dem dritten ein reichhaltiges Mahl anbieten
Und den vierten vielleicht bitten
Sich dazu zu setzen
Um in aller Stille durch die Natur zu blinzeln
Von Abendrot zu Abendrot

Nach diesen einfachen Worten
Habe ihm
Hagenbuch
Der Soziologe Meier-Büsche
Eine Tomate an den Kopf geworfen
Die Tomate sei naturgemäß
An seinem
Hagenbuchs eigensinnigem Schädel geplatzt
Und das Innere der Tomate sei ihm dann
Zwischen Auge und Brillenglas gelaufen
Aber er habe
Unentwegt weitergemacht
In einen Sessel setzen
Habe er noch einmal klar und deutlich gesagt
Und als nun auch der Pädagoge von Hartwig
Auf einer Trillerpfeife gepfiffen
Und die übrigen Wochenendseminarteilnehmer
Darunter immerhin der berühmte Ellersieck
Aus Würzburg
Der berühmte Klecksendorff
Aus Tübingen
Und der berühmte Mackensen
Aus Göttingen
Auch mit Erdnüssen Apfel und Bananenresten
Um sich geworfen hätten
Habe er
Hagenbuch
Sich entschlossen weiter auszuholen

Er sei zunächst auf einen Stuhl gestiegen
Dann sei er wieder heruntergeklettert
Und habe den Stuhl auf einen Tisch gestellt
Dann sei er wieder auf den
Jetzt auf dem Tisch stehenden Stuhl gestiegen
Und habe
Nun schon fast mit dem Kopf unter der Decke
In den Seminarraum gerufen
Daß er Hagenbuch wisse
Daß der augenblickliche Gesundheitsdruck
Ein Leistungsdruck
Und der augenblickliche Leistungsdruck
Ein Krankheitsdruck
Der wieder einen Gesundheitsdruck nach sich ziehe
Dem wieder ein Leistungsdruck augenblicklich folge
Dem wieder ein Krankheitsdruck auf den Fersen sei
Der dann wieder einen Gesundheitsdruck auslöse
So daß die Verwirrung eine vollkommene sei
Und daß die Krafterhaltung jetzt nur in den Köpfen
Entstehen könne
Nur in den Köpfen
Und daß er Hagenbuch
Daher die vollkommene Bewegungslosigkeit
Empfehle

Und der berühmte Mackensen
Aus Göttingen
Habe geschrien
Wer ist dieser Mann
Werft ihn in die tiefste Sauna

Aber Hagenbuch habe sich nicht beirren lassen
Und daraufhin a capella ein Lied angestimmt
Daß er schon als Zweijähriger gedichtet
So Hagenbuch
Und seiner Mutter in der Küche
Ständig vorgesungen habe

Täglich täglich
Unbeweglich
Regungslos und nichts im Sinn
Endlich endlich
Unverständlich
Mündlich stündlich
Unergründlich
Unbeweglich wie ich bin
Täglich täglich
Unbeweglich
Mündlich stündlich
Unergründlich
Unverständlich her und hin
Unbeweglich wie ich bin

Die weltberühmte Akademie Sankt Bitter in den Feldern
In Form eines alten Quadraturhofes gebaut
Den meisten sicher bekannt
Durch ihre ebenso weltberühmten
Anhaltenden Auseinandersetzungswochen
Anreise Freitagabend
Abreise sonntags gegen Mittag

Meist im Juni und Juli
Hatte so etwas
Noch nie
Erlebt
Noch nie

Der Leiter der Akademie
Pater Jacobus van der Meulen
Bat händeringend immer wieder
Um Stille
Wollen wir uns nicht alle einen Tee kommen lassen
Keinen Tee
Rief der berühmte Klecksendorff
Aus Tübingen
Dann vielleicht Kartoffelsalat mit je einem
    Würstchen
Keine Würstchen

Und Hagenbuch
Habe gerufen
Er wolle weder an einen Barren gekettet
Noch an ein Reck gefesselt
Im Trainingsanzug
Sein Leben beenden
Er wolle dann lieber jahrelang
Auf einen Punkt sehen
Aber wenn es sein müsse
Schreie er auch das ganze Abendland zusammen
Damit man ihm zu Hilfe käme
Erasmus von Rotterdam

Seneca
Hölderlin
Vincent van Gogh
Franz von Assisi
Arnold Schönberg
Paul Klee
William Shakespeare
Scott
Und Amundsen

Und Hagenbuch habe darauf tatsächlich so zu schreien
Begonnen
Daß alle Hals über Kopf
Aus dem Seminarraum in den Innenhof geflohen wären
Und er
Hagenbuch
Habe dann in der Decke über sich
Eine Luke entdeckt
Durch die er dann direkt auf den Speicher gelangt
Und von dort
Durch eine weitere Luke
Direkt auf das Dach der Akademie

Von diesem Dach herab
Habe er
Hagenbuch dann
Einen seiner Lieblingsmonologe gehalten
Mit dem er

Als Dreijähriger
Immer seinen armen schlummernden Vater
Aus dem sogenannten Mittagsschläfchen
Gerissen habe

Seht da kommt Kent
Wie stehts in Breckinham
Nicht minder Sir
Wir brauchen Brot
Dann eilt zur Mühle nach Southampton
Wir wolln dem Gloster ins Getreide fahren

Dann habe er
Hagenbuch
Die Akademiefahne
Ein Tuch mit weißem Ausrufungszeichen auf blauem
    Grund
Eingeholt
Und das Tuch
Ein Unfehlbarkeitsfetzen
So Hagenbuch wörtlich
In den Innenhof geworfen

Und sogar die Kinder des Hausmeisters
Der weltberühmten Akademie Sankt Bitter in den
    Feldern
Wollen sich erinnern
Daß
Als schon der Mond
Ganz sachte am Himmel vorbeikroch

Oben auf dem Dach
Immer noch der komische Mann gestanden habe

Und das stimmt auch

Hagenbuch
Hat jetzt zugegeben
Daß er noch um Mitternacht dort gestanden
Und sich am leeren Fahnenmast festhaltend
Leise vor sich hin
Gesungen habe

Täglich täglich
Unbeweglich
Regungslos und nichts im Sinn
Endlos endlich
Unverständlich
Mündlich stündlich
Unergründlich
Unbeweglich wie ich bin
Täglich täglich
Unbeweglich
Mündlich stündlich
Unergründlich
Unverständlich her und hin
Unbeweglich wie ich bin

Hagenbuch und das Kind

Hagenbuch
Hat jetzt zugegeben
Daß er diese Geschichte
Die er jetzt erzählen wolle
Noch niemandem erzählt habe
Und sie auch niemandem erzählen werde
Weil sie ihm niemand glaube
Obwohl er immer wieder angehalten werde
Selbst von den höchsten Kreisen
Diese Geschichte doch endlich zu erzählen
Erzähle er sie nicht
Erzähle er sie niemandem
Keinem
Auch nicht dem Geringsten

Er habe zwar vorgehabt diese Geschichte
Auf dem immer wiederkehrenden Psychologen-
treffen in Lindau
Zu erzählen
Aber er habe gewußt
Daß diese Geschichte vom Flughafen und dem
Kind
Die er noch niemandem erzählt habe
Auch nicht seinen Freunden Fugger und
Wiesendanger

Kastner und Kreutenstamm
Daß er in Lindau von den verehrten Damen und
Herren Psychologen
Nur zu hören bekommen hätte
Was fällt Ihnen zu Flughafen ein
Was fällt Ihnen zu Kind ein
Was fällt Ihnen zu Landebahn ein
Was fällt Ihnen zu Jahrelang ein
Diese tödlichen Assoziationen könne er sich zur
Zeit
Nicht leisten

Darum habe er auch in Lindau diese Geschichte
Ganz für sich behalten
Ganz fest an seine Brust gedrückt
Obwohl man das eigentlich mit einer Geschichte
nicht könne
Habe er sie in Lindau ganz fest unter seinem Mantel
Den er aus zweiter Hand um sieben Ecken
In Zweilütschinen erstanden habe
An seine Brust gedrückt
Diese Geschichte
Und er habe sie auf einem langen Spaziergang rund
um den See
Nur sich selbst erzählt
Damit er sich auf dem Laufenden halte
Denn er werde ja immer wieder angehalten
Diese Geschichte doch endlich zu erzählen
Obwohl niemand ihm diese oder auch jene
Geschichte

Ja Geschichten überhaupt
Zutraue
Er habe zum Beispiel in der dänisch-kanadischen Gemeinde
Beschlinderssom
Am oberen Yukon
Am oberen Yukon
Dem dortigen Orts-Oberhaupt Thorstein Gibson
Genau jenem Gibson
Der seinerzeit in den McGregor und in den O'Shannon-Skandal
Verwickelt war
Man erinnert sich vielleicht
Genau jenem Thorstein Gibson habe er die Geschichte
Vom Bauern und der Spitzmaus
Erzählt
Obwohl er sie ihm gar nicht erzählt habe
Denn er wäre gar nicht dazu gekommen
Thorstein Gibson habe sofort
Sobald er
Hagenbuch begonnen habe
Sofort gesagt
Unerträglich unerträglich
So wäre es ihm übrigens mit allen Orts-Oberhäuptern gegangen

Selbst wenn er mit ausgesuchter Höflichkeit
Das Gespräch eröffnet habe
Beispielsweise derart
Nämlich zu sagen

Ist es erlaubt
Ist es erlaubt mein Herr
Die Geschichte vom Bauern und der Spitzmaus zu erzählen
Hätten alle ihn zwar nicht fortgeschickt
Sondern nur gesagt oder gerufen
Unerträglich

Er habe es dann mit einer anderen Geschichte versucht
Mit der berühmten Geschichte
Vom Pfarrer und dem Fohlen
Ist es erlaubt
Habe er nach artigen Verbeugungen in alle Himmelsrichtungen
Gesagt
Ist es vielleicht erlaubt
Die weltberühmte Geschichte vom Pfarrer und dem Fohlen
Zu erzählen
Aber überall die gleiche Antwort
Unerträglich
Er wäre immer nur bis zu den Überschriften gekommen
Und es wären wirklich schöne Überschriften
Wie etwa
Der Schuster und seine Tochter

Der Schuster und seine Tochter
Oder

Der Schäfer und das Kaninchen
Oder
Die Küche und das Manöver

Aber sofort habe man allerorten Unerträglich gesagt
Unerträglich

Er gebe zu
Daß er bei seinen Besuchen immer sehr ärmlich gekleidet
Gewesen sei
Obwohl er immer vor seinem jeweiligen Gegenüber
Regungslos
Völlig regungslos dagestanden sei
Um sich gestisch nicht allzusehr abzunützen

Besonders bei der weltberühmten Geschichte
Die Katze und die Multiple Sklerose
Habe er immer völlig bewegungslos dagestanden
Immer
Das könne er beschwören
Er habe nur vom Atem her der Überschrift Ausdruck
verliehen
Wenn er eben gefragt habe
Ist es erlaubt
Werter Herr
Ihnen die weltberühmte Geschichte
Die Katze und die Multiple Sklerose
Zu erzählen
Die er in verschiedenen Aufzeichnungen des
französischen Landadels

Der sich ja zum großen Teil der Bürgerrevolution
angeschlossen habe
Gefunden habe
Aber alle werten Herrn
Hätten sogleich wie aus einem Munde geantwortet
Unerträglich schafft den Kerl fort

Manchmal wäre es ihm gelungen
An die Überschrift
Wenigstens noch den Anfang anzuhängen
Aber das habe sehr fix gehen müssen
Sehr fix
Aber je fixer er gesprochen habe
Desto aufgebrachter wären die werten Herren und
auch die werten Damen
Gewesen
Zum Beispiel

Der Bauer und die Spitzmaus
Es war einmal eine Spitzmaus
Aus

Bei der weltberühmten Geschichte
Die Katze und die Multiple Sklerose
Wäre er immer besonders ärmlich aufgetreten
Aber auch da wäre er immer nur bis zu
Es war einmal eine Katze
Gekommen
Aus

Aber die beste Geschichte die er habe
Der Mensch und die Metaphysik
Die wirklich nur aus einem Satz bestünde
Nämlich
Es war einmal ein Mensch
Könne er nur in allerbesten und allerschönsten
Gewändern
Vortragen
Obwohl er sie noch niemandem vorgetragen habe
Diese Geschichte wolle auch niemand hören
Er habe manchmal versucht sie Jugendlichen
Seelsorgern und vor allem auch Sozialfunktionären
vorzutragen
Aber dann habe er sich wieder nicht getraut
Denn er wäre ganz sicher
Auf das unflätigste und erbittertste Unerträglich
gestoßen
Das er je gehört habe

An seinem Geburtstag trage er sich
Die Geschichte oft selbst vor
Und zwar pausenlos

Es war einmal ein Mensch
Aus
Es war einmal ein Mensch
Aus
Es war einmal ein Mensch
Aus

Er habe auch schon vorgehabt
Diese Geschichte von den berühmten Komponisten
In Krakau und Edinburgh vertonen
Um sie dann von den berühmten Orchestern in
    Boston und Amsterdam
Vortragen zu lassen
Aber er habe sich nicht getraut
Und sie sei ja auch nicht der Rede wert
Und er liefe lieber
In einen verschneiten Wald hinein
Um eine neue Geschichte zu finden

Denn all diese Geschichten brauche er ja nur
Um die Geschichte
Vom Flughafen und dem Kind
Die er noch niemandem erzählt habe
Um diese Geschichte nicht erzählen zu müssen
Brauche er all die anderen Geschichten

Denn er stünde ja immer noch
Auf dem seit Jahrzehnten
Vermoosten und vergrasten Flughafen
Auf einer völlig von Anfang bis Ende
Aufgerissenen gesplitterten und zerbröckelten
    Landebahn
Schon seit Jahren stünde er da
Mit einem dreijährigen Kind auf dem Arm
Und es lande kein Flugzeug und es steige keins auf
Und der Himmel färbe sich alle drei Stunden anders
Und es vergehe so manche Stunde

Da sie beide
Das Kind und er
Vollkommen ruhig wären
Aber dann wäre wieder alles vorbei
Und das Kind würde unruhig
Und er würde unruhig

Aber da er älter wäre
Müsse er dem Kind dann
All diese Geschichten erzählen
Bis es sich wieder beruhige und Mut fasse
Dann beruhige auch er sich wieder
Und fasse Mut

Und er wisse daß er noch lange
Sehr viele Geschichten finden
Und erzählen müsse
Und um dies durchzuhalten
Rufe er oft
Zusammen mit dem Kind
Rufe er oft in alle Himmelsrichtungen hinein
Hoffnung und Zärtlichkeit
Zärtlichkeit und Hoffnung

Aber diese
Seine Geschichte
Wolle er eigentlich
Niemandem
Erzählt haben

Hagenbuch und die Wörter

Hagenbuch
Hat jetzt zugegeben
Daß er vor einigen Tagen
Übrigens zum ersten Mal in seinem Leben
Ein längeres Gespräch
Nur mit einem Wort bestritten habe
Nämlich mit dem Wort:
Soso

Kurz danach
Habe er ein anderes Gespräch
Nur noch mit dem Wort
Aha
Geführt
Besonders wenn jemand ihm
Dauernd sage
Daß er das wohl doch nicht bestreiten könne
Antworte er jetzt nur noch mit
Aha

Er
Hagenbuch
Vermute sogar allen Ernstes
Daß man sehr wohl ein ganzes Leben
Mit diesen wenigen Worten auskommen könne

Natürlich bedürfe es dabei
Größter Beherrschungskünste
Wolle man nicht doch immer wieder
In die alten abscheulichen Gewohnheiten verfallen
Nämlich sich auf größere und ausführlichere
Gespräche einzulassen
Um dann immer wieder
Regelrecht hereinzufallen
Aus allen Wolken zu fallen
Bis man am Boden läge

Die besten Beherrschungsmethoden
Seien für ihn
Bei solchen langwierigen Gesprächen
Sich im Geiste tief tot zu stellen
Oder fortwährend so zu denken
Als habe er sich schon umgebracht
Und sein Interesse zur Gänze verloren zur Gänze
Als sei er schon drüber weg
Als sei er schon völlig aus der Welt

Darüber dürfe er natürlich zu keinem Menschen
Ein Sterbenswörtchen verlieren
Denn dann sprängen immer sofort alle auf
Würfen Gläser gegen die Wände
Zerschlügen Fenster und Spiegel
Rissen sich die Hemden auf
Und trommelten mit allen Fäusten
Auf Tischen und gegen Wände und schrien:
Was fällt Ihnen ein!?

Er
Hagenbuch
Habe dieses selbst bei hochgebildeten Bekannten
Immer und immer wieder erlebt
Ob es nun ein frankophiler Musikpädagoge
Mit Baskenmütze
Ein Jugendherbergsvater
Ein Stadtindianer
Mehrere Berufsquerulanten
Industrielle mit ihren Frauen
Pfarrer a. D.
Ärzte und Baumschulenbesitzer
Mönche und Minister
Gewesen seien
Alle hätten immer wieder
Gläser gegen die Wände geworfen
Wären bis an die Decke gesprungen
Hätten in die Gardinen gebissen
Türen eingetreten
Und minutenlang geschrien:
Was fällt Ihnen ein!?

Und wenn
Er
Hagenbuch
Vorsichtig gesagt habe
Dies sei nicht seine Geschichte
Oder
Dies sei nicht mehr seine Geschichte
Hätten alle geschrien

Doch es sei
Es sei seine Geschichte
Nein dies sei nicht seine Geschichte
Doch es sei seine Geschichte

Selbst der zeitweilige dritte dänische Geschäftsträger
In Brüssel
Graf Loger vom Hoger
Träger der höchsten skandinavischen Auszeichnung
Nämlich des Ordens
Daabfer bys Sklaat
Zu deutsch: Für Tapferkeit vor der Kälte
Habe ihn
Hagenbuch
Minutenlang angebrüllt:
Was fällt Ihnen ein!?

Und er
Hagenbuch
Habe in seiner brandenburgischen Dekadenz
Einfach dagesessen
Und versucht diesen moralischen Druck
Auszuhalten

Und daher bemühe er sich
Seit einiger Zeit immer mehr
Längere Gespräche
Und wenn sie noch so interessant
Bedeutend
Äußerst wichtig

Relevant
Lebensnotwendig usw usw
Möglichst nur noch mit einem Wort zu bestreiten
Als sei er schon gänzlich aus dieser Welt
Und drüber weg
Dies bedürfe natürlich wie schon gesagt
Größter Beherrschungskünste
Und feinster Gelassenheit

Angefangen habe er zunächst
Mit zwei Worten
Z.B. mit Guten Morgen
Also vier Silben
Guten Morgen
Dann habe er dreisilbig reagiert
Z.B. mit Fabelhaft
Auf alles was an ihn herangetragen worden sei
Habe er
Ob Frage oder Befehl
Mit Fabelhaft reagiert
Dann sei er zweisilbig vorgegangen
Mit Worten wie:
Aha oder Soso oder Achwas oder Achnee
Zur Zeit käme er sogar oft mit einer Silbe aus
Und zwar mit dem Wort: Ach
Ob Frage oder Befehl
Rezept oder Rätsel
Er
Hagenbuch
Antworte mit: Ach

Auf dem deutsch-holländischen Bauerntag
Habe er vor 40 000 Geflügelintensivhaltern im Freien
Eine Rede gehalten
Die nur aus diesen vier drei zwei und einsilbigen Worten
Bestanden habe
Guten Morgen Fabelhaft Soso Achwas Aha Ach
Auf einem Medizinerkongreß in Memmingen
Habe er diese Rede einfach von hinten angefangen
Ach Aha Achwas Soso Fabelhaft Guten Morgen
Während die Geflügelintensivhalter in Groningen
Sofort begonnen hätten
Ihn
Hagenbuch
Mit faulen Eiern Kuhmist und Pferdeäpfeln
Zu bewerfen
Habe in Memmingen bei den Medizinern
Totenstille geherrscht
Während in Groningen bei den Geflügelintensivhaltern
Unter freiem Himmel
Ein ohrenbetäubendes Geschrei die Luft erfüllt habe
Habe sich bei den Medizinern in Memmingen
Lähmendes Entsetzen und rabenschwarzes Schweigen
Ausgebreitet
Und in dieses Schweigen hinein
Oder vielmehr

Durch dieses Schweigen hindurch
Habe er
Hagenbuch
Dann für Sekunden seine Beherrschung verloren
Und gerufen:
Wollen hoffen daß das Siechtum nicht zu lange
dauert
Herr Kollege

Da habe der Medizinalrat und Klinikdirektor
Von St. Trinitas in Quakenbrück
Schulze-Vordemfelde
Musik
Geschrien
Und das eigens für diesen Abend mit Damen
Engagierte Harmonika-Orchester aus Trossingen
Wäre in einen langsamen Walzer gefallen

In seine Behausung
Zurückgekehrt
Habe er
Hagenbuch
Sofort damit begonnen
Alle Post zu vernichten
Alles was an Briefen
Drucksachen Postkarten Streifbandzeitschriften
Zu Tausenden überall herumgelegen habe
Habe er sofort vernichtet
Alle Tageszeitungen und Wochenzeitungen
Monatsblätter Vierteljahreshefte

Halbjahreshefte Jahresblätter
Sofort vernichtet
Magazine Rundschreiben Resolutionen
Eilbriefe usf usf usf
Bis zu den Knien sei er oft in eine Unmenge von
abscheulicher Korrespondenz
Von sogenannter lebenswichtiger Korrespondenz
Regelrecht hineingesunken
Alles habe er sofort vernichtet
Das was er nicht sofort vernichtet habe
Habe er in über hundert Ordnern abgeheftet
Um diese Ordner in einigen Jahren
Ebenfalls sofort zu vernichten
Auf alle
Demnächst ebenfalls
Mit der gleichen Schnelligkeit
Zu vernichtenden Ordner
Habe er
Jeweils geschrieben
82 ohne Belang 81 ohne Belang 80 ohne Belang
79 ohne Belang

Auch alle Tagebücher habe er sofort vernichtet
Obwohl er nie ein einziges zu Ende geschrieben habe
Jedes angefangene Tagebuch habe er nach drei Tagen
Rigoros abgebrochen
Rigoros
Ich lach mich kaputt
Mit diesen Worten habe er jedes angefangene
Tagebuch

Nach drei Tagen rigoros abgebrochen
Gestern einen Schnaps getrunken
Vorgestern zwei Schnäpse getrunken
Vorvorgestern keinen Schnaps getrunken
So hätten alle seine Tagebücher ausgesehen
Angefangen und nach drei Tagen aufgehört
Manchmal habe er auch etwas dazu erfunden
Gestern mit Robert über Kannibalismus diskutiert
Obwohl es gar keinen Robert gäbe
Obwohl er gar keinen Robert kenne
Habe er es in sein Tagebuch geschrieben
Meistens habe er die Zeiten verwechselt
Morgen mit Mathilde einen Spaziergang gemacht
Oder er habe einfach
Die Tagebücher von großen Männern abgeschrieben
Heute Abend mit Heinrich
Über Josephslegende unterhalten
Danach einen Schnaps getrunken
Danach mit Mathilde über Heinrich unterhalten
Gestern sehr gelacht
Heute Sodbrennen

Zwischendurch sei er immer wieder
In das nahegelegene City-Center geeilt
Und habe dort Stockwerk für Stockwerk
Alle Verkäufer und Verkäuferinnen
Der Reihe nach gefragt
Ist das Ihre gesamte Auswahl an Schuhen mit
Klett-Verschluß
Danke

Ist das Ihre gesamte Auswahl an portugiesischen
Apfelsinen
Danke
Ist das Ihre gesamte Auswahl an Filzhüten
Danke

Danach sei er wieder nach Hause geeilt
Um sich weitere Fragen zu überlegen

Danach habe er alle Türen verriegelt
Danach alle Fenster geschlossen
Danach die Fensterläden dicht gemacht
Danach alle Rolläden heruntergelassen
Danach alle Lampen ausgelöscht und alle
Sicherungen
Ausgeschaltet
Danach wäre er mit seinem zweiten Hund
Einer Hündin namens Julchen
Einer schwarzen Pudel-Schnauzer-Cocker und
Drahthaardackel-Mixtur
In seinen Schrank gegangen
Mit seinem Stock
Den er von einer Versteigerung aus Venedig
mitgebracht
Und seinem James-Joyce-Hut
Wenn man sich leicht verneigt und dabei
Den James-Joyce-Hut zieht
Fällt das Verabschieden leichter
Habe er zu seiner Hündin gesagt
Von der man in dem dunklen Schrank
Nur die rote Zunge habe erkennen können

Julchen
Habe Hagenbuch gesagt
Wir müssen jetzt sehr still sein
Vor der Türe stehen wieder diese Idealisten
Diese Geschichtsspekulanten
Die uns immer nachts um 0.30 anrufen
Und fragen
Ob wir immer noch so engagiert seien
Wie vor 13 Jahren
Dann könne man ja wieder mal ein Faß aufmachen
Ganz still
Wir befinden uns nämlich in einer Weltverblendung
Alles Menschenhändler und Leichenfledderer
Welch ein Elend
Welch ein Kuckucksei
Die Geschichte eine einzige Leichenfledderei
Die Geflügelintensivhalter sind die Schlimmsten
Danach kommen die Schweinemäster
Und danach die Gänseleberpastetenstopfer

Danach habe er
Hagenbuch
Seinen James-Joyce-Hut gezogen
Und gesagt
Julchen sitz
Wir sprechen jetzt das Gedicht
Wie jeden Abend in unserem Schrank
Unser sogenanntes Schrankgedicht
Und die Hündin habe genau gewußt

Was er Hagenbuch meine
Sich gesetzt und zugehört:

Es nützt nichts Gefährten
Die Hand zu heben
Um in Stücke zu schlagen
Den Feind

Hebet die Hand um freundlich
Zu grüßen
Möglich daß ihr das Weiße im Auge
Entdeckt
Reste von Unschuld
Reste

Möglich daß ihr
Ein Stück des Wegs geht
Zusammen
Ohne den andren zu überzeugen

Möglich auch
Daß er in Stücke dich reißt
Der Feind

Beherrsche die Kunst
Dich zu beherrschen
Mach deine eigne Geschichte

Danach
Habe man nichts mehr gehört

Hagenbuch und die Geschichte

Hagenbuch
Hat jetzt zugegeben
Daß in jenem Oktober
Im Gegensatz zu jenem September
In dem er aus der Anstalt Bless-Hohenstein
Entlassen worden sei
Daß er in jenem Oktober
In dem er in Suzernuud
Einem südlichen Vorort von Göedergaaden
Nördlich des Tana-Fjords
Zusammen mit dem schwedischen Berufsorthopäden
Wennerdotter
An einer Studie über
»Deformationen des menschlichen Körpers
Ihre wirkliche Herkunft und ihre Ausstrahlung
Auf Musik und Militär«
Gearbeitet
Auf einem seiner unentbehrlichen Spaziergänge
zwischendrein
Und zwar meist
Von Suzernuud nach Drögernuud
Einem weiteren südlichen Vorort von
Göedergaaden
In jenem Oktober
In einer sogenannten Trinkhalle

In der er sich manchmal mit Proviant versorgt
Und die ihn immer an einen Onkel erinnerte
Der alles mögliche gewesen
Unter anderem auch eine Zeitlang
    Verlegenheitsbesitzer
Ebenso einer Trinkhalle
Und der ihn
Hagenbuch
Vor langer Zeit immer in reichem Maße heimlich
Mit Lakritz und Süßholz versorgt
Daß er
Hagenbuch
In jenem Oktober in dieser Trinkhalle
Zwischen Suzernuud und Drögernuud
Südlich von Göedergaaden
Und nördlich des Tana-Fjords
Es gäbe übrigens noch die Vororte
Schtlozernuund und Barvernuud
Alles winzige Nester
Mit drei bis sieben Häusern
Aber von großem melancholischem Reiz
Den er sonst nur noch
In der Dämmerung
In einigen polnischen Dörfern
Nördlich von Krakau
Wie zum Beispiel
Michailowicze
Verspürt
Daß er in dieser Trinkhalle
In jenem Oktober

In dem er auch gerade erst von einer Suchexpedition
Nämlich der 92. inzwischen
Zur Auffindung von Überresten der verschollenen
Mannschaft
Sir John Franklins
Der bekanntlich zur Auffindung der Nordwestlichen
Durchfahrt
1845 ausgezogen war und bis heute nicht
zurückkehrte
Von dieser 92. Suchexpedition
Die er
Hagenbuch
Als II. Stabilisator begleitet hatte
Zurückgekehrt
In dieser Trinkhalle
Die mehr oder weniger eine Bretterbude war
Und in der auch sicherlich nachts streunende
Katzen
Unterschlupf fanden
Einen alten Mann vorfand
Der sich eigens anschickte in Hagenbuchs Armen
Für immer einzuschlafen
In jenem Oktober
An diesem Herbsttag der so ungewöhnlich blau und
rosa
Dahergekommen
Und nun so bleich und erschöpft auf der Erde
herumlag
Als hätte er sich in der Zeit geirrt
Wie dieser alte Mann

Den Hagenbuch nie zuvor gesehen
Und dessen Namen er auch nachher nirgendwo erfahren konnte
Weder in Suzernuud noch in Drögernuud
Auch später nicht
In der ganzen Welt nicht
Auch wenn er einen Zusammenhang vermutete
Hagenbuch konnte nur seine Worte mitnehmen
Und behielt sie als wären es seine eigenen
In jenem Oktober in dieser Trinkhalle die eigentlich ein Stall war
Fast am Ende der Welt
Sagte der sterbende alte Mann
Daß er nie bei den Soldaten gewesen
Und auch nie zu den Soldaten gehe
Auch nicht von den Soldaten komme
Und Hagenbuch nickte
Oder gar von Soldaten abstamme
Sondern von der Philosophie komme
Wenn er Hagenbuch wisse
Was das sei
Und Hagenbuch nickte
Sondern von der Philosophie komme
Die ja von der Musik abstamme
Und umgekehrt die Musik zur Philosophie gehe
Aber nicht zu den Soldaten
Und Hagenbuch nickte
Die ja auch keine Philosophie hätten
Und keine Musik
Nur Marschmusik

Und der als Soldat verkleidete Mensch
Keine Krankheit zulassen dürfe
Weil Krankheiten eine Musik hätten
Bis dahin könnten Soldaten nicht vordringen
Und Hagenbuch nickte
Sie könnten vordringen in die Wüsten Nordafrikas
Ins Eismeer
Zu Ölquellen
Auf den sogenannten Feldern der Ehre könnten sie
vordringen
Die ja allesamt Felder der Barbarei seien
Nicht einmal das
Sei den Soldaten bekannt
Die keine Heiterkeit besäßen
Sondern nur ein Gelöbnis
Das sie gar nicht verstünden
Aber alle nachsprächen
Weil sie die Geschichte nicht verstünden
Weil sie nichts verstünden
Weil sie nur Handlanger
Von sogenannten Politikern
Die wiederum Handlanger
Von Weltzerstörern seien
Und ihren Handlangern einflüstern
Daß sie ihren Soldaten einflüstern
Sie seien Soldaten
Und sie seien nötig
Und nützlich
Und vonnöten
Und notwendig

Und Notwehr-Soldaten
Und christliche Soldaten
Und abendländische Soldaten
Jeder habe seinen Zapfenstreich im Tornister
Und Hagenbuch nickte
Und versuchte seinen Arm besser um die Schultern
Des alten Mannes zu legen
Auf der ganzen Welt sollten die Soldaten
Auf ein Zeichen alle im selben Augenblick
Ihre Uniformen ausziehn
Und nach Hause gehen
Auf der ganzen Welt
Und Hagenbuch nickte
Warum das so schwer sei
Weil sie nichts von der wirklichen Geschichte
 verstünden
Wir müßten ganz unten wieder anfangen
Ganz von vorne
Bei den untersten Niederungen
Bei Brot und Wasser
Und keiner dürfe mehr fragen
Wer der andere sei
Was der andere sei
Woher er käme und wohin er ginge
Und Hagenbuch nickte
Denn er wußte nicht was er sagen sollte
Sie verstehen es nicht
Sagte der alte Mann
Dessen Augen kleiner und kleiner
Und dessen Nasenlöcher größer und größer wurden

Und Hagenbuch sagte
Sie verstehen es nicht
Nicht wahr sie verstehen es nicht
Demokratie heißt doch Liebe
Und Hagenbuch nickte
Dafür haben sie mich gehänselt und hohngelacht
Die Geschichte verliefe ganz anders haben sie gesagt
Und die Soldaten wären jetzt überall im Kommen
Und Hagenbuch nickte
Und legte ein Tuch über den Mann
Und ging nach Drögernuud
Um das danach Übliche in die Wege zu leiten
Und beendete seine Studie über
»Die Deformationen des menschlichen Körpers
Ihre wirkliche Herkunft
Und ihre Ausstrahlung auf Musik und Militär«
Mit dem Satz:

»Wär doch der Mensch ein Volk von
Drückebergern
Wir kämen uns näher
Und hätten viel Zeit
Die Erde fruchtbar zu machen
Und könnten erlöster von dannen ziehen«

Hagenbuch und der ununterbrochene Himmel

Hagenbuch
Hat jetzt zugegeben
Schreibt Wiesendanger an Fugger
Daß er
Je mehr er sich damit befasse
Um so weniger davon verstehe
Und je weniger er davon verstehe
Desto mehr befasse er sich damit
So daß er
Wenn er sich nur noch
Damit befasse
Gar nichts mehr davon verstünde

Als er
Hagenbuch
Schreibt Wiesendanger an Fugger
Diese seine Lage in direkter Rede
Auf einer Tagung
Für helle politische Köpfe
In Lippspringe
Eben diesen hellen politischen Köpfen eindringlich
Geschildert habe
Habe er
Hagenbuch
Schreibt Wiesendanger an Fugger

Nur ein heftiges Kopfschütteln entgegennehmen
können
Einzig und allein
Prager und Kretzschmer
Seit wenigen Wochen aus der Anstalt
Bless-Hohenstein
Weniger wegen restloser Heilung
Sondern mehr wegen guter Führung entlassen
Und wie immer in der letzten Reihe sitzend
Hätten heftig und ausdauernd
Applaudiert
Und Prager habe sofort gerufen
Noch einmal noch einmal noch einmal
Und Hagenbuch
Habe sich dadurch ermutigt gefühlt und wiederholt
Daß er
Wenn er sich nur noch damit befasse
Gar nichts mehr davon verstünde
Weil alles ein und dieselbe Geschichte sei
Darauf Prager und Kretzschmer sogar im Chor
Ein und dieselbe Geschichte
Ein und dieselbe Geschichte

Da wäre aber
So Hagenbuch
Schreibt Wiesendanger an Fugger
Nicht nur weiteres heftiges Kopfschütteln zu sehen
gewesen
Sondern der immer in der ersten Reihe sitzende
Studentenpfarrer Habichhorst aus Oldenburg

Wäre aufgesprungen und habe gefragt
Ob er
Hagenbuch
Denn um alles in der Welt
Jedwede sozio-ökonomische Bedingung
Außer acht lassen wolle
Und warum er
Hagenbuch
Denn überhaupt nach Lippspringe
Gekommen sei
Wenn es gerade darum ginge
Daß die Blutvergiftungen ohne Ende
Im Vorderen Orient
Während der Kreuzzüge
Eben nicht ein und dieselbe Geschichte seien
Wie die Bluttransfusionen
Im Vorderen Orient
In der Jetzt-Zeit
Darauf Prager und Kretzschmer im Chor
In der Jetzt-Zeit in der Jetzt-Zeit
Warum er dann überhaupt nach Lippspringe
gekommen sei
Darauf Prager und Kretzschmer im Chor
Lippspringe
Lippspringe

Und er
Hagenbuch
Habe dann noch einmal begonnen
Nämlich aus musikalisch theologischen Gründen

So Hagenbuch wörtlich
Aus musikalisch theologischen Gründen
Noch einmal zu sagen
Daß er
Je mehr er sich damit befasse
Um so weniger davon verstehe
Und je weniger er davon verstehe
Desto mehr befasse er sich damit
So daß er
Wenn er sich nur noch damit befasse
Gar nichts mehr davon verstünde
Und daß er dann
Sich nur aufrecht halten könne
Wenn er ununterbrochen mit sich
Selbst rede
Und seinen Kopf
Tagtäglich
Aufs neue zusammensetze
Tagtäglich ununterbrochen mit sich rede
Oder ununterbrochen schweige
Indem er
Ununterbrochen seinen Kopf
Aufs neue
Zusammensetze

Jedesmal
Wenn er
Hagenbuch
In Wien oder anderswo
In Darmstadt oder weiter weg

Ein Hotelzimmer betrete
Beginne er sofort
Ununterbrochen mit sich selbst zu reden
So Hagenbuch
Schreibt Wiesendanger an Fugger
Betrete er aber
Einen Versammlungsort
Eine Tagungshalle
Beginne er sofort
Ununterbrochen zu schweigen
Und müsse noch in der Nacht
Oder gleich am anderen Morgen
Seinen ganzen Kopf
Aufs neue zusammensetzen
Um weiterfort
Ununterbrochen mit sich reden zu können
Sonst könne er sich nicht aufrecht halten
So Hagenbuch
Schreibt Wiesendanger an Fugger
Der ebenfalls mit Wiesendanger
Ununterbrochen korrespondiere
So Hagenbuch
Weil er ununterbrochen schreiben müsse
Um sich aufrecht halten zu können
Und ebenso ununterbrochen schweige
Wie Hagenbuch selbst
Wenn er in Konstanz
Oder in Bremen
Einer Zusammenkunft
Von außerordentlichen Personen

Beiwohnen müsse
Die ununterbrochen mit anderen
Außerordentlichen Personen reden
So wie er es früher ununterbrochen
Gleichfalls gehandhabt habe
Jetzt aber seit Jahren schon
Ununterbrochen korrespondiere
Mit Wiesendanger
So Hagenbuch
Um eines Tages
Wie Hagenbuch selbst
Ununterbrochen schweigen zu können
Wenn er in Graz oder sonstwo
In Kiel oder weiter weg
Den üblichen Feierlichkeiten
Nicht aus dem Wege gehen könne
Müsse er gleich am anderen Morgen
Über dem Waschbecken
Seinen ganzen Kopf
Aufs neue
Zusammensetzen
Um ebenfalls ununterbrochen mit sich zu reden
Um sich aufrecht halten zu können
Wie Hagenbuch selbst
Schreibt Fugger an Wiesendanger

Hagenbuch
So Wiesendanger an Fugger
Habe auch weiterhin zugegeben
Daß er ununterbrochen spazieren müsse

Um ununterbrochen mit sich reden zu können
Um sich aufrecht zu halten
Ununterbrochen spazieren
Um in Gedanken zu sein
Unter einem ununterbrochenen Himmel
Denken und ununterbrochen reden

Hagenbuch habe
So Wiesendanger an Fugger
Seinen Kopf neulich
Unter dem Himmel von Stuttgart
Vollständig neu zusammengesetzt
So wie er
Wiesendanger
Seinen Kopf vollständig neu
Unter dem Himmel von Oslo
Zusammengesetzt habe
Um danach
Ununterbrochen zu schweigen
Um beim Betreten eines Hotelzimmers in Wien
Oder anderswo
In Darmstadt oder weiter weg
Wieder ununterbrochen mit sich reden zu können
Um sich aufrecht zu halten
Ununterbrochen aufrecht
Wie Hagenbuch
Schreibt Wiesendanger an Fugger

Wie lange er sich noch aufrecht halten könne
Schreibt Wiesendanger an Fugger

Wisse er nicht
Jedenfalls nur so lange
Wie Hagenbuch
Ununterbrochen mit sich rede
Oder ununterbrochen schweige
Unter dem Himmel
Oder anderswo oder weiter weg

Jedenfalls
So Wiesendanger an Fugger
Als Hagenbuch in Lippspringe
Diese seine Lage
Eindringlich und ausführlich
Geschildert
Und am Ende den Kopf gehoben
Habe er einen leeren Tagungsraum vorgefunden
Allein Prager und Kretzschmer
Wie immer in der letzten Reihe sitzend
Hätten plötzlich ausgesehen wie zwei Kinder
Die sich noch mit nichts befaßt
Aber alles verstanden haben

Zu folgender
Hagenbuch-Geschichte
Möchte der Autor
Komischer- und ausnahmsweise
Einige Erklärungen abgeben

1. *Es sei z. B. wichtig*
   für diese Geschichte die Überschrift zu nennen

2. *Sei es sicherlich interessant zu betonen*
   daß diese Geschichte aus 5 Phasen bestünde
   Musikalisch gesagt 5 unmerklich ineinander
   übergehende Sätze habe
   Lento
   Allegro
   Vivace
   Rubato ma non troppo
   Choral

3. *Die Geschichte sei in der Zeit entstanden*
   in der sich der Autor mit einer Studie über
   »Die Tiefe der Oberfläche« beschäftigt
   und darüber nachgedacht habe
   ob es unter Enten und Gänsen
   die er bei einer privaten Fütterung
   an einem bekannten schweizer Seeufer

beobachtet
ob es unter Enten und Gänsen
wohl auch Stoiker gäbe
und wie hoch wohl der Prozentsatz
an Epikuräern
bei Gänsen und Enten sei

4. *Schwäne nähmen für ihn nach wie vor*
jene Haltung ein
die uns wie man sagt
von einer jungen französischen Aristokratin
überkommen ist
die kurz vor ihrer Hinrichtung im Jahre des Fortschritts 1789
zu ihrer Zofe gesagt haben soll:
Was geb ich denn den Herren ich mach das zum ersten Mal

5. *Gleichviel*
wie man zu einer solchen Haltung stehe
die Überschrift der folgenden
sogenannten Hagenbuch-Geschichte
laute

DER FALL HAGENBUCH

(Trompetensignal)

Hagenbuch
Hat jetzt zugegeben
Daß er nicht mehr genau wisse
Ob er eine Geschichte im Kopf
Oder
Ob er im Kopf eine Geschichte habe

Manchmal habe er
Eine Geschichte im Kopf
Dann sei sie plötzlich wieder weg
Und manchmal habe er im Kopf eine Geschichte
Und dann sei sie plötzlich wieder da

Wie Ebbe und Flut

Manchmal sei sie da
Dann sei sie wieder weg
Und manchmal sei sie weg
Und dann plötzlich wieder da

Genauso sei es bei
Fugger und Wiesendanger
Tröster und Kastner
Prager und Kretzschmer
Wolgensinger und Terpentinen

Sie hätten alle
In Bless-Hohenstein
Jener besonderen Anstalt für Kopfgeschichten
Wie es heißt

Immer Geschichten im Kopf
Oder im Kopf Geschichten gehabt

Und die Geschichten seien immer wieder weg
Und immer wieder da gewesen
Wie Ebbe und Flut

Kopfgeschichten

Wo ist meine Geschichte
Habe Wolgensinger
Der einzige Ganzheitshistoriker auf der ganzen Welt
Immer wieder gerufen
Wenn er am Morgen gleich nach dem Frühstück
Durch die langen endlosen Gänge und Flure
Von Bless-Hohenstein
Geschwankt sei

Es habe in Bless-Hohenstein
Den Flügel für Geschichten im Kopf
Den sogenannten GIK-Flügel
Und den Flügel für Im Kopf eine Geschichte
Den sogenannten IKEG-Flügel
Gegeben

Und die Frage
Der Oberärzte Försterling und Kringel
Försterling der Chirurg
Der sich als Orthopäde ausgegeben
Und Kringel der Orthopäde

Der sich als Chirurg verkleidet habe
Die Frage habe immer gelautet
Haben Sie im Kopf eine Geschichte
Und alle
Hätten immer wieder geantwortet
Nein wir haben eine Geschichte im Kopf

Der Finne Matti Terpentinen
Der einzige Ganzheitsdichter auf der ganzen Welt
Inklusive Milchstraße
Der immer
Sogar in der Nacht
Mit Kopfhörern und einer dazu gehörenden Kassette
Zu sehen gewesen sei
Habe gesagt
Er habe einen Jean Sibelius im Kopf
Aber er habe im Kopf keinen Jean Sibelius
Das sei ein Unterschied
Ein gewaltiger Unterschied
Herr Doktor

Hagenbuch habe eine
Steve Reich Minimalie
Im Kopf

Prager und Kretzschmer
Hätten eine kleinen Telemann tremens
Im Kopf

Johannes Tröster
Ein Nachfahre des berühmten schwäbischen Forellenfängers
Johann Tröster aus Honau bei Pfullingen
Unweit von Reutlingen
Habe eine Nolen volens Synkope
Im Kopf

Wolgensinger einen Gassenhauer
Nach Robert C. Gassenhauer
Dem Entdecker der Kolibri-Viren

Und Fugger und Wiesendanger
Hätten immer eine Sarabande
Im Kopf

Das sei ein gewaltiger Unterschied
Ob man im Kopf eine Nolens volens Synkope
Oder eine Nolens volens Synkope
Im Kopf habe

Hinzu käme
Daß die Geschichten immer wieder weggingen
Und immer wieder zurückkämen
Wie Ebbe und Flut
Herr Doktor
Wie Ebbe und Flut

Jeden Morgen
Sei Wolgensinger
Der einzige Ganzheitshistoriker auf der ganzen Welt

Durch die Gänge geschwankt
Und habe dabei vor sich hingesungen
Wenn man bedenkt
Daß das Ganze nichts auf sich hat

Alle hätten am Morgen
Nach dem Aufstehen
Sich ihren Respekt bekundet
Und dabei immer diesen Satz wiederholt
Wenn man bedenkt
Daß das Ganze nichts auf sich hat
Euer Ehren

Jeder habe jeden
Ganz selbstverständlich
Mit Euer Ehren angeredet

Wiesendanger und Hagenbuch
Hätten sich manchmal sogar
Mit Don Hagenbuch
Und Don Wiesendanger
Begrüßt

Ob er
Don Hagenbuch
Sich schon frischgemacht habe
Nein Don Wiesendanger noch nicht
Er Hagenbuch
Wisse auch noch nicht
Ob er sich heute frischmache

Aber er Don Wiesendanger
Müsse sich doch sicher etwas frischmachen
Natürlich
Er Don Wiesendanger
Mache sich jetzt etwas frisch
Aber bitte nach Ihnen Don Hagenbuch
Nein bitte nach Ihnen Don Wiesendanger
Undsoweiter

Es gäbe Leute
Habe Hagenbuch zu den anderen beim Frühstück
gesagt
Die sich zehnmal am Tage frischmachten
Zehnmal
Wie z.B. Heinrich von Fulda
Von dem er
Hagenbuch
Einmal zu einer Genesungssuppe
Gebeten worden sei

Er
Hagenbuch
Sei schon oft zu einer Genesungssuppe
Gebeten worden
(Warum auch nicht)
Aber jedesmal
Bevor man sich zu Tisch setze
Frage man ihn
Hagenbuch
Ob er sich vielleicht noch etwas frischmachen wolle

Und obwohl
Er Hagenbuch es nie wolle
Er wolle es nicht
Er wolle es überhaupt nicht
Habe er immer geantwortet
Natürlich gern
Und habe sich frischgemacht

Wenigstens die Hände
Habe Heinrich von Fulda gesagt
Wenigstens die Hände
Die machen Sie sich doch sicher gerne etwas frisch

Und seine Gemahlin
Uta von Innsbruck
Habe ebenfalls gesagt
Wenigstens die Hände
Die machen Sie sich doch sicher gerne etwas frisch

Und Wiesendanger
Der mit Hagenbuch eingeladen gewesen sei
Habe gesagt
Don Hagenbuch mache sich immer gerne etwas frisch
Vor einer so wichtigen Suppe
Und Hagenbuch habe geantwortet
Er mache sich aber nur etwas frisch
Wenn sich auch Don Wiesendanger etwas frischmache
Vorher
Und Wiesendanger habe gesagt
Er mache sich auch vorher etwas frisch

Wenn sich Don Hagenbuch etwas frischmache
Vorher
Besonders vor einer so wichtigen Suppe
Wenn Don Wiesendanger sich tatsächlich vorher
Etwas frischmache
Mache er Hagenbuch sich auch gerne nachher etwas
frisch
Und Wiesendanger habe gesagt
Er mache sich selbstverständlich auch nachher etwas
frisch
Wenn sich Don Hagenbuch tatsächlich auch nachher
Etwas frischmache
Ich werfe mir etwas Wasser ins Gesicht
Habe Hagenbuch gesagt
Oder ich werfe Don Wiesendanger etwas Wasser ins
Gesicht
Oder Don Wiesendanger wirft mir etwas Wasser ins
Gesicht
Aber am liebsten
Würde er Hagenbuch
Sich einmal ein ganzes Jahr lang nicht frischmachen
Und auch nicht seine Kleider wechseln
Wie seinerzeit William S. Burroughs in Tanger

Aber vor einer so wichtigen Suppe
Habe Don Wiesendanger gesagt
Mache sich doch jeder gerne etwas frisch
Außer William S. Burroughs
Habe Hagenbuch gesagt
Wenigstens die Hände Don Hagenbuch

Die Hände wenigstens
Immerhin sei Heinrich von Fulda
Der Präsident der Welterklärungsgesellschaft
Glaube Metall und Gemüse
Und habe sie zu einer Genesungssuppe gebeten
Gut
Habe Hagenbuch gesagt
Gut Euer Ehren
Ich werfe mir vorher und nachher
Uta von Innsbruck zuliebe
Etwas Wasser ins Gesicht

Wenn es aber die gleiche Suppe sei
Die er Hagenbuch
In Elenderdalangerfinsterness-Sund
Jenem schwedischen Dorf mit 12 Häusern
In dem er Hagenbuch
Existenzrecherchen angestellt habe
Wenn es die gleiche Suppe sei
Die er seinerzeit dort
In Raten habe essen und bezahlen wollen
Dann werfe er das Wasser Heinrich von Fulda ins Gesicht
Mit einem schönen Gruß
Von Bodo von Tecklenburg und Hanno von Lengerich
Die bekanntlich beide eine lebenslange Fehde
Mit den Grafen von Münster wegen einer winzigen
    Wasserstelle
Im jetzigen Hasbergen in der Gegend um Osnabrück
    gehabt
(Aber das sei eine andere Geschichte)

Und Wiesendanger habe gesagt
Es sei gewiß eine völlig andere Suppe
Als die
Die er Hagenbuch seinerzeit
In Elenderdalangerfinsterness-Sund
Bestellt und in Raten habe bezahlen wollen
In Raten
Habe Hagenbuch gesagt
In Raten
Und dabei mit seinem Tambourin auf den Tisch geschlagen
In Raten Don Wiesendanger
Für eine schwedische Gemüsesuppe habe er
Hagenbuch
In Elenderdalangerfinsterness-Sund
Nämlich umgerechnet 7,20 Mark bezahlen sollen
Er habe aber dem Kellner nur 3,00 Mark geboten
Und den Rest in Raten mit einer Laufzeit von 14 Jahren
Bezahlen wollen
Eine schwedische Gemüsesuppe mit Sahnehäubchen
In Elenderdalangerfinsterness-Sund
Sei umgerechnet sowieso nur 2,50 Mark wert
Mit Sahnehäubchen

Das Sahnehäubchen habe er
Hagenbuch
Sogar zurückgehen lassen
Er habe das Sahnehäubchen
Auf feinste Weise mit einem Löffel abgehoben
Und dann eigenhändig in die Küche getragen

Und dort dem Koch gesagt
Er Hagenbuch
Habe eine Gemüsesuppe bestellt
Und keine Sahne

Und als der Koch
Etwas von Veredelung nach Großmutterart auf
schwedisch
Gesagt habe
Habe er
Hagenbuch
Das Sahnehäubchen
Dem Koch auf seine schwedische Nase gedrückt
Und sofort
Noch in der Küche gesagt
Daß er den Rest dieser angeblich schwedischen
Gemüsesuppe
Nur in Raten bezahlen werde
Da er sie ja auch in Raten esse

Und der Kellner habe gesagt
Daß das wohl beim besten Willen nicht zu machen sei
Mein Herr

Euer Ehren
Habe Hagenbuch gesagt
Jetzt will ich Euch mal beim besten Willen was sagen
Wenn sein Freund
Der finnische Ganzheitsdichter Matti Terpentinen
Im isländischen Keflavik

Dem Flughafen von Reykjavik
Im Flughafenrestaurant seit Jahren schon
Einen Brathering auf Raten verzehren und bezahlen
    könne
Dann könne er
Hagenbuch
Wohl auch im schwedischen
Elenderdalangerfinsterness-Sund
Diese angeblich schwedische Gemüsesuppe
Ohne Sahnehäubchen
Auf Raten verzehren und bezahlen
Dabei habe Hagenbuch wieder mit seinem Tambourin
Auf den Tisch geschlagen
Und den Kellner gefragt
Ob er sich heute schon etwas frischgemacht habe
Denn in diesen Sahnehäubchen
Würden sich alle Gifte der Welt verstecken
Und nach Großmutterart bewußt und gezielt
    verkauft werden

Und der Ober
Habe dann den Restaurantdirektor geholt
Dieser habe sich breitbeinig vor Hagenbuch aufgebaut
Und gesagt
Daß eine außerordentliche schwedische Gemüsesuppe
In diesen Zeiten
Mein Herr
Nicht auf Raten zu haben sei
Dies sei sein erstes und sein letztes Wort

Darauf habe sich Hagenbuch erhoben
Und gesagt
Euer Ehren
Ihr solltet Euch Euer erstes und letztes Wort etwas besser überlegen
Jetzt Euer Ehren hört Ihr mir mal zu
Wenn ich Euch die Hälfte der Suppe hierlasse
Und komme im nächsten Jahr um diese Zeit
Wieder hier vorbei
Um den Rest zu vertilgen
Können Euer Ehren nicht von mir verlangen
Daß ich jetzt schon für die gesamte Suppe
Umgerechnet 7,20 Mark zahle
Niemals Serjei Iwanowitsch
Ihr seid doch dieser Serjei Iwanowitsch
Der 1909 als Apotheker verkleidet in St. Petersburg
Als Sekundant bei einem Duell den Pistolenkasten
Morgens um fünf
Zitternd durch den tiefen Schnee getragen hat

Nein
Habe der Restaurantdirektor gesagt
Er heiße Arne Handlanger
Und habe 1909 noch gar nicht gelebt

Er solle sich nicht rausreden
Habe Hagenbuch gesagt
Er Hagenbuch
Vergesse Gesichter nie
Nie

Er Hagenbuch
Habe sich z. B. 1810 als Tambourmajor
In Freiburg im Breisgau herumgetrieben
Obwohl er 1810 auch noch nicht gelebt habe

Und meint Ihr vielleicht
Serjei Iwanowitsch Handlanger
Mein Freund
Der finnische Ganzheitsdichter Matti Terpentinen
Von dem Ihr
Serjei Iwanowitsch Handlanger
Sicher noch keine Zeile gesehen
Geschweige denn gelesen habt
Sei seinerzeit Jahr um Jahr
Und zwar mit Loftleidir
Mit Islandic Airlines umsonst
Von Luxemburg nach New York geflogen
In Keflavik ausgestiegen
Um dort seinen Bratfisch
In Raten mit einer Laufzeit von 32 Jahren
Abzuzahlen
Umsonst

Der Fisch liege dort in einer Extra-Vitrine
Persönlich für ihn bereit
Und alles habe seine Ordnung

Und nun solle ihm
Hagenbuch
Nicht mal erlaubt sein

In Elenderdalangerfinsterness-Sund
In dieser gottverlassenen und verlörenen schwedischen
Finsternis
Nicht mal erlaubt sein
Eine angeblich außerordentliche schwedische
Gemüsesuppe
Von umgerechnet 7,20 Mark
In Raten mit einer Laufzeit von 14 Jahren zu bezahlen

Hagenbuch
Habe nun seine Matrosenmütze
Die er in Camogli
Diesem stinkenden Touristenverführungsörtchen
In der Bucht von Genua
Einem schiffbrüchigen Matrosen abgehandelt hatte
Abgenommen und gesagt
Euer Ehren
Wo kommen wir denn dahin
Wo kommen wir denn dahin
Ich will es Euch sagen Euer Ehren
Ins Tollhaus kommen wir
Ins Tollhaus

Und Hagenbuch
Habe dreimal mit dem Tambourin auf den Tisch
geschlagen
Und gesagt
Nie mehr werde er sich vorher und nachher
Etwas frischmachen
Wie William S. Burroughs in Tanger

Und alle Welterklärungsgesellschaften könnten sich
auf ihren Kopf stellen
Auf ihren Gemüsekopf

In diesem Augenblick
Habe Uta von Innsbruck die Genesungssuppe
hereingetragen
Und Wiesendanger habe gesagt
Dies sei gewiß eine andere Suppe
Don Hagenbuch
Die Suppe bei Heinrich von Fulda sei gewiß
Eine völlig andere Suppe
Als die angeblich schwedische Gemüsesuppe
Seinerzeit in Elenderdalangerfinsterness-Sund
Und Hagenbuch habe gesagt
Er sehe schon 100 Sahnehäubchen auf sich zukommen
Sie seien alle in seinem Kopf
Wie Ebbe und Flut
Seien alle Sahnehäubchen in seinem Kopf

Und als nun die Suppe bei Heinrich von Fulda
In diesem Augenblick
Von Uta von Innsbruck
Vor Hagenbuch hingestellt worden sei
Sei es tatsächlich
Haargenau die gleiche angeblich schwedische Gemüsesuppe
Mit Sahnehäubchen gewesen
Die er Hagenbuch
Seinerzeit in Elenderdalangerfinsterness-Sund
Auf Raten habe essen und bezahlen wollen

Und nach einer Sekunde tiefster Erniedrigung
Habe Hagenbuch
Sofort mit seinem Tambourin in und auf die Suppe
geschlagen
Und zwar in einem ganz bestimmten philosophischen
Rhythmus
Den man wissenschaftlich nur als monomanische
Katatonie bezeichnen kann
Daß die Gemüsefetzen durch das ganze Zimmer
geflogen seien
Und zwar habe er so heftig und ausdauernd
Auf die Suppe eingeschlagen
Daß am Ende keiner keinen mehr gesehen
Und jeder jeden für einen anderen gehalten
Weil niemand niemanden mehr erkannt habe

Zuletzt
Habe Hagenbuch
Sich mit einem völlig verwüsteten Antlitz
Erhoben und gesagt

Er erkläre hiermit
Alle Formen und Inhalte für aufgelöst
Das Althergebrachte ebenso wie das Neuhervorgebrachte
Die Wirklichkeit sei beendet
Und der Fall Hagenbuch abgeschlossen
Die Kosten der Verhandlung trage das Gesicht
Für seine Garderobe könne er keine Hoffnung
übernehmen
Augen und Mund spreche er frei

Dies sei der wahre Grund
Warum er Hagenbuch
Mit vielen anderen
In Bless-Hohenstein sei
Und sich jeden Morgen frischmachen müsse

Und dann hätten alle zusammen
Fugger und Wiesendanger
Tröster und Kastner
Prager und Kretzschmer
Wolgensinger Terpentinen
Und Hagenbuch
Wie jeden Morgen
Den Frühstückschoral von Bless-Hohenstein
Gesungen

Wir wollen im Klo
Auf der Brille stehn
Und Stille soll sein
Und nichts ist zu sehn
Und ruft jemand laut
Wo seid denn ihr
Dann singen wir leise
Wir sind nicht hier
Wir sind nicht hier
Und wir sind nicht da
So war es so ist es so wird es sein
In unsrem verdammten Bless-Hohenstein
Genehmigt beglaubigt
Halleluja